글쓰기 정석

글 쓰 기

정 " 석

기자처럼
글 잘 쓰기

2

개정증보판

배상복 지음

이케이북

글을 잘 써야
성공한다

글쓰기가 경쟁력인 시대

올해 대학 4학년인 김모(26) 군은 졸업이 얼마 남지 않았건만 아직 취직을 하지 못해 스트레스가 이만저만이 아니다. 10여 개 회사에 입사지원서를 제출했지만 면접에 오라는 곳이 한 군데도 없다. 자기소개서를 열심히 썼지만 서류마저 통과되지 못하는 것을 보면 아무래도 자소서 작성에 문제가 있는 것으로 생각된다. 소위 스펙이나 학점 등은 남들에게 크게 뒤지지 않는다고 자신하는데도 이런 결과가 나오니 막막해지고 불안감이 밀려온다.

코로나 바이러스 사태 등으로 경제가 어려워지면서 채용의 문은 더욱 좁아지고 있다. 크게 보면 물론 취업 시장의 문제이지만 그래도 자기소개서를 잘 쓴다면 그만큼 취업에 성공할 확률이 높아진다. 1차 서류를 통과해야 면접으로 올라갈 텐데 서류마저 합격하지 못한다면 암담할 수밖에 없다. 이와 반대로 만약 자소서를 잘 작성한다면 면접에 갈 기회가 더욱 많이 생기고 결국은 최종 합격할 수 있게 된다. 취업을 하기 위해서는 자소서를 잘 쓰는 것이 무엇보다 중요하다.

직장 생활을 하는 박모(30) 씨는 상사에게서 꾸중을 자주 듣는다. 기획서와 보고서 때문이다. 수시로 이들 서류를 작성하는데 상사에게 올릴 때마다 한소리씩 듣는다. 박 씨가 쓴 보고서를 상부에 올리려면 중간간부인 상사가 수정(리라이팅)을 해야 하는데 손댈 곳이 한두 군데가 아니어서 상사도 스트레스를 받기 때문이다. 이처럼 회사에서는 누구든 기획서나 보고서를 써야 하지만 마음대로 되지 않는다. 직장인이 이들 문서를 제대로 작성하지 못한다면 승진에서도 불이익을 받는다.

삼성인력개발원에 따르면 삼성 직원의 경우 1주일에 평균 3개의 보고서를 쓴다고 한다. 한 건에 투입되는 시간은 평균 2시간 30분이다. 이렇게 많은 시간과 노력을 들이고도 만족스러운 내용을 담을 확률은 극히 낮다고 자체 평가하고 있다. 업무용 보고서를 잘 쓰기로 정평이 난 삼성이 '보고서 혁신'에 나섰을 정도다. 이러한 보고서의 문제는 결국 비효율적인 커뮤니케이션으로 귀결되고 기업 경쟁력을 갉아먹는 요소가 되기 때문에 회사는 이를 개선하기 위해 부단한 노력을 기울이고 있다.

요즘은 회사 업무 전달이나 의사소통이 대부분 사내 인트라넷이나 이메일을 통해 이루어진다. 하루에도 몇 번씩 게시판이나 이메일을 열어 봐야 한다. 여기에서 내용을 확인하는 것으로 그치지 않고 때로는 업무와 관련한 내용을 스스로 올리고 답장을 보내야 한다. 길지 않은 글을 이런 곳에 올리고 메일의 답장을 보내는 것도 쉬운 일이 아니다. 머리에서는 내용이 맴돌지만 막상 적으려고 하면 잘 써지지 않는다.

직장인 가운데는 보도자료를 작성하는 사람도 꽤 있다. 홍보부서 등에 근무하는 사람은 보도자료 작성이 주된 업무 가운데 하나다. 회사에서 대중이나 소비자에게 알리고 싶어하는 사항이 언론매체를 타기 위해서는 보도자료를 잘 작성해야 한다. 보도자료를 어떻게 작성하느냐에 따라 기사화 여부가 판가름 날 수도 있다. 이러한 업무를 하고 있는 사람은 어떻게 하면 보도자료를 잘 작성할 수 있을까 늘 고민이다.

자신의 분야에서 많은 지식을 습득하고 업무상 큰 업적을 이룬 경우에도 그것에 머물지 않고 글로 남길 수 있어야 한다. 그래야 비로소 완결성을 갖고 한 차원 높은 단계에 이른다. 자신의 분야에서 많은 업적을 남기더라도 대부분은 직장에서 인정받고 성공하는 것으로 끝나기 십상이다. 그러나 글 쓰는 능력이 있다면 자신의 업적이나 성과, 과정 등을 책으로 남겨 사회적 관심을 끌면서 새로운 삶을 열어 갈 수도 있다. 실제로 그러한 사람이 적지 않다.

세월이 바뀌어 텍스트보다 이미지가, 이미지보다 영상이 주목을 끄는 세상이 됐다. 하지만 글쓰기의 중요성은 크게 바뀌지 않았다. 모든 것의 바탕에는 글쓰기가 존재하고 또 글쓰기 능력에 따라 이미지나 영상의 퀄리티가 달라진다. 텍스트가 없는 이미지나 영상은 드물다. 따라서 이미지나 영상에서도 텍스트, 즉 글쓰기는 꼭 필요한 요소다. 아무리 이미지나 영상이 훌륭하다고 해도 그것을 보충하거나 설명하는 텍스트의 질이 낮으면 완성도가 떨어질 수밖에 없다.

이처럼 글쓰기는 누구에게나 꼭 필요한 능력이다. 대입 논술에서부터 시작해 입사 시험과 직장 생활에 이르기까지 글쓰기가 필요하지 않은 곳이 없다. 인터넷이 발달하면서 역설적이게도 글쓰기의 필요성은 더욱 증가했다. 과거에는 직접적인 만남이나 전화로 행해지던 많은 것이 이제는 인터넷상의 글이나 문자를 통해 이루어진다. 글쓰기가 일상화되다 보니 남들보다 글쓰기를 잘한다면 그만큼 경쟁력을 갖게 된다. 남들과 똑같이 해서는 성공할 수 없다. 글쓰기가 경쟁력인 시대이고 글을 잘 써야 성공한다.

글쓰기는 삶을 풍요롭게 한다

취업과 직장 업무에만 글쓰기가 필요한 게 아니다. 글쓰기는 자기 계발의 한 방식이기도 하다. 누구에게나 자기 생각과 감정,

지식과 경험을 글로 옮겨 보고 싶은 욕구가 있다. 일상에서 체험하고 느끼는 것들을 글로 표현할 수 있다면 더없는 만족감으로 삶이 풍요로워진다. 글쓰기에서 오는 즐거움을 맛볼 수 있을 뿐만 아니라 자신이 쓴 글이 남들에게 읽히고 또 좋은 반응을 얻는다면 커다란 보람을 느끼게 된다. 요즘은 SNS(Social Network Service)를 통해 자신의 글을 남에게 쉽게 내보일 수 있다.

최근 들어서는 남녀노소 누구나 할 것 없이 많은 사람이 SNS를 한다. 블로그에 이어 페이스북이나 트위터, 인스타그램 등 SNS에 거의 매일 사진이나 글을 올린다. 밤낮으로 SNS에 중독되다시피 한 사람도 적지 않다. 이런 곳에서는 특히 글쓰기 능력이 그대로 드러난다. 사진이나 동영상을 올리려고 해도 어디에서 누구랑 찍었는지, 어떤 내용인지, 기분은 어떤지 등 제목과 설명을 함께 달아야 하기 때문에 글쓰기가 꼭 필요하다.

이처럼 SNS에서도 글쓰기를 잘하는 사람과 그렇지 않은 사람의 차이가 확연히 드러난다. 글을 잘 쓰는 사람은 자신의 일상이나 어떤 대상에 대한 생각을 조리 있으면서도 맛깔나게 글로 작성해 올린다. 다른 사람의 가슴을 따뜻하게 하거나 공감을 이끌어 내는 내용을 작성해 올림으로써 많은 인기를 끌기도 한다. 글쓰기는 다른 어떤 취미보다 자아를 발견하고 만족감을 얻을 수 있는 작업이다.

요즘은 누구나 자신의 손에 신문사나 방송국을 하나씩 소유한 것이나 마찬가지인 세상이다. 블로그나 페이스북, 트위터, 인스타그램, 유튜브 등을 통해 기존 언론매체 못지않은 영향력을 가진 이들이 다수 등장했다. 이들을 인플루언서(influencer)라 부른다. 이들은 인기나 영향력을 이용해 큰돈을 벌기도 한다. 이들에게도 글쓰기는 꼭 필요한 능력이다. 사진이나 영상이 우선인 경우에도 텍스트가 뒷받침돼야 돋보일 수 있기 때문이다.

최근에는 블로그에서 쌓아 놓은 글을 오프라인 책으로 펴내는 일이 늘어나면서 블룩스(blooks=blog+books)라는 용어가 생겼다. 별로 글을 써 볼 기회가 없던 사람들이 블로그나 기타 SNS에 글을 올리면서 숨겨진 재능을 발견하기도 한다. 이전에는 별로 글을 쓸 일이 없어 자신이 글을 잘 쓰는지 몰랐지만 인터넷에 글을 올리다 보니 소질을 발견하는 경우도 적지 않다.

이처럼 꾸준히 글을 쓰다 보면 새로운 가능성이 열리기도 한다. 『해리포터』의 저자 조앤 롤링이 대표적이다. 그는 비서 일과 영어 강사를 그만둔 뒤 이혼 상태에서 일자리 없이 1년을 어린 딸과 함께 정부의 생활 보조금으로 연명하다 단칸방에서 심심풀이 삼아 동화를 쓰게 된다. 이렇게 쓰인 『해리포터』는 출판사에서 무려 12차례나 거절당한 끝에 출간됐지만 서서히 입소문이 나면서 세계적인 베스트셀러가 됐다. 그 역시 이전에는 자신에게 글 쓰는 능력이 있는 줄 몰랐다.

누구나
잘 쓸 수 있다

글쓰기가 안 되는 이유

글쓰기가 경쟁력이고 삶을 풍요롭게 해 주지만 막상 글을 쓰려 하면 잘 되지 않고 앞이 꽉 막힌다. 교육을 많이 받은 사람이나 적게 받은 사람이나 마찬가지다. 글쓰기가 두렵고 마음같이 되지 않는다. 그러나 이는 개인의 능력이나 자질이 부족해서가 아니라 전적으로 우리 교육이 잘못된 탓이다. 선생님은 열심히 가르치고 학생은 열심히 외워 문제를 푸는 식으로 교육이 이루어져 왔기 때문이다. 입시를 위주로 하는 소위 주입식·암기식 교육이 가져온 결과다.

아직도 이러한 교육 형태에서 크게 벗어나지 못하고 있는 게 현실이다. 학교에서는 아직까지 학생들에게 글쓰기 교육을 제대로 시킬 만한 여건이 부족하다. 효과를 보려면 쓰기를 반복하면서 학생들이 쓴 글을 일일이 읽어 보고 그에 맞춰 지도해야 하지만 그러기에는 시간이 부족하다. 선생님들의 글쓰기 지도 능력이 충분하다고 보기도 어렵다. 선생님 역시 주입식 교육 체제 아래에서 글쓰기를 제대로 익히지 못했을 가능성이 있기 때문이다.

대학에서도 글쓰기 지도가 충분히 되지 않고 있다. 대부분 대학이 1, 2학년 필수과목으로 글쓰기를 가르치는 등 글쓰기 교육을 강화하고 있지만 우리의 대학 교육 역시 글쓰기를 완전하게 가르치고 있다고 보기 어려운 측면이 있다. 대졸자들이 자기소개서 쓰기를 힘들어하고, 회사에 들어가서는 기획서·보고서 등을 제대로 작성하지 못해 글쓰기 재교육을 받고 있는 실정이다.

이렇듯 너나없이 글쓰기가 잘 되지 않는 것은 개인 차원의 문제가 아니라 우리 교육이 잘못된 탓이 크다. 학교 교육에서 자신의 생각을 글로 표현하는 훈련을 제대로 받지 못했기 때문이다. 글쓰기가 마음대로 되지 않고 두려운 것은 우리 교육의 산물이지 결코 내가 능력이 없거나 자질이 부족해서가 아니다. 글쓰기를 못한다고 해서 자신을 원망하거나 남을 흉볼 필요가 없다.

글 쓰는 법을 익히면 된다

말로 생각을 표현하기는 아주 쉽다. 말은 대충 해도 상대가 알아들을 수 있고 의사소통이 가능하다. 그러나 글은 말과 달라 어느 정도 체계를 갖추어야만 정확하게 의미가 전달된다. 적절한 단어로 하나의 완결된 문장 구조를 갖춰야 자신의 생각을 제대로 표현할 수 있고 총체적으로 의미를 전달할 수 있다. 말과 글의 이러한 차이 때문에 말을 조리 있게 잘하는 사람도 글로 표현할 때는 미숙한 경우가 많다.

이처럼 말과 글의 차이를 극복하지 못하기 때문에 대부분 글쓰기가 잘 되지 않는다. 이러다 보니 글을 쓰는 사람은 특별한 재주를 가지고 태어났다고 생각해 아예 글쓰기를 포기하거나 두려워하는 사람이 적지 않다. 하지만 일반인도 훈련을 쌓으면 얼마든지 이 차이를 극복하고 글을 잘 쓸 수 있다. 보통 사람의 경우 무슨 대단한 글쓰기를 해야 하는 게 아니다. 전문가적인 글쓰기가 필요한 것이 아니라 일상적인 글쓰기가 필요할 뿐이다. 대부분 자신의 생각과 의사를 정확하게 전달하는 데 글쓰기의 목적이 있기 때문에 그리 큰 능력이 필요하지 않다.

글 쓰는 법을 조금만 익히면 살아가는 데 불편을 느끼지 않을 정도의 일상적인 글쓰기는 누구나 잘할 수 있다. 문학적인 글쓰기라면 어느 정도 소질이 필요하다. 소질이 전혀 없는 사람이 수필이나 소설 등 문학적인 글쓰기를 하기는 쉽지 않다. 그러나 일상적인 글쓰기는 그리 큰 능력이 요구되지 않는다. 소질이 필요한 것이 아니라 요령이 필요하다.

학교에서 글쓰기의 기본적인 사항은 배웠기 때문에 글의 구조나 이론적인 체계는 어느 정도 알고 있다. 그래도 막상 글을 쓰려고 하면 잘 되지 않는 것은 실제적으로 글을 써 나가는 방식, 즉 글쓰기의 정석(定石)을 제대로 익히지 못했기 때문이다. 그 정석이란 바로 글쓰기의 요령이다. 어렵게 생각해서 그렇지 실상은 몇 가지 요령을 터득하는 것만으로도 일상생활에서 필요한 글쓰기는 충분히 해결할 수 있다.

차례

기초가 튼튼해야
글을 잘 쓴다

제 1 장

무슨 일이든 기초가 중요하다. 기초가 제대로 돼 있지 않으면 크게 성공하기 어렵다. 운동을 할 때도 기본기가 몸에 배어 있지 않으면 아무리 노력해도 크게 발전하지 못한다. 글쓰기도 마찬가지다. 어떤 형태의 글이든 글에는 공통으로 적용되는 기본적인 사항이 있다. 이를 모르고 있으면 자주 써 본다고 해도 글쓰기가 쉬 늘지 않는다.

무슨 일이든 기초가 제대로 돼 있지 않으면 크게 성공하기 어렵다. 운동을 할 때도 기본기가 몸에 배어 있지 않으면 아무리 노력해도 크게 발전하지 못한다. 글쓰기도 마찬가지다. 어떤 형태의 글이든 글에는 공통으로 적용되는 기본적인 사항이 있다. 이를 모르고 있으면 자주 써 본다고 해도 글쓰기가 쉬 늘지 않는다.

글을 시작할 때는 우선 글을 쓰는 목적과 읽는 대상을 분명하게 해야 한다. 그래야 목적과 대상에 어울리는 표현으로 자신이 나타내고자 하는 바를 정확하고도 효율적으로 전할 수 있다. 기획서라면 채택이라는 목적과 그것을 읽고 의사결정을 하는 사람의 성격에 맞게 작성해야 한다. SNS에 올리는 글이라면 SNS 이용자들의 정서에 맞게 써야 한다.

무엇에 대해 쓸 것인지도 확실하게 결정하고 글을 시작해야 한다. 무엇을 쓸 것인지 결정하지 않으면 막연해 글이 제대로 써지지 않는다. 즉 말하고자 하는 중심 내용인 주제가 명확하게 정해져야 한다. 주제(테마)를 잡는 데도 방법이 있다. 주제를 잡는 방법을 알고 있어야 무슨 글이든 쉽게 쓸 수 있다. 주제를 좁히는 것이 가장 쉬운 방법이다.

여행을 다녀와서 블로그나 페이스북에 글을 올릴 때도 주제를 좁혀 어떤 하나의 요소에 초점을 맞추어 서술하는 것이 바람직하다. 그 초점은 음식이 될 수도 있고 여행지에서 느끼는 감상이 될 수도 있다. 어느 것이든 범위를 좁혀 하나의 측면에 초점을 두고 서술해야 제대로 글이 써진다. 이것저것 두서없이 있는 것을 모두 다룬다면 글이 되기 어렵다.

기획서나 보고서 등도 마찬가지다. 주제에 해당하는 대략의 제목이 정해진 것은 대체로 주제를 좁혀 글을 써야 한다. 무엇을 써야 할지 이미 정해져 있으므로 그와 관련해 범위를 더욱 좁혀 구체적으로 서술해야 한다. 넓게 범위를 잡으면 어느 것도 구체적으로 다룰 수 없기 때문에 좋은 글이 될 수 없다. 범위를 좁히지 않으면 막연해서 글이 제대로 써지지도 않는다.

본격적으로 글을 써 내려갈 때는 내용을 충실하게 하는 것이 우선이지만 리듬감도 살려야 한다. 리듬이 없으면 단조로워 읽기 불편한 글이 되고 좋은 여운을 남기지 못한다. 긴 문장과 짧은 문장을 적절하게 조화시키거나 적당히 단어를 반복하는 등으로 글에 리듬감을 불어 넣어야 한다.

글을 쓸 때는 또한 이것저것 따지지 말고 대충 써놓고 다듬는 방식으로 글을 완성해 나가야 한다. 한줄 한줄 음미하면서 쓰다

글쓰기 정석

보면 진도가 나가지 않는다. 정해진 양의 두세 배를 적은 뒤 그것을 다듬는 방식으로 해야 글이 빨리 써지고 글의 질도 높아진다. 다 써 놓고 봐야 무엇을 더 보충해야 하고 무엇을 빼야 하는지 눈에 보인다. 이처럼 일단 써 놓고 시간이 나는 대로 고쳐 나가는 것이 글을 가장 빠르고 정확하게 쓰는 방식이다.

01 　　　　　　　쓰는 목적을
　　　　　　　분명하게

　연애편지는 왜 쓰는 것일까? 상대를 설득하고 감동시켜 그 사람의 마음을 얻기 위함이다. 이처럼 글을 쓸 때는 반드시 목적이 있게 마련이다. 아무 목적 없이 그냥 글을 쓰지는 않는다. 따라서 글을 쓸 때는 항상 목적을 분명하게 해야 한다. 왜 이 글을 쓰는지, 동기와 목적이 무엇인지를 고려해야 한다. 그래야 그에 어울리는 글을 쓸 수 있기 때문이다.

　글을 쓰는 목적은 크게 전달과 표현으로 나누어 볼 수 있다. 전달이란 어떤 대상에 대한 지식이나 정보를 올바로 알려 이를 분명하게 이해하도록 하는 것이다. 표현이란 글 쓰는 사람의 감정을 생생하게 드러내 독자가 공감하도록 하는 것이다.

지식 전달이 목적인 글

　SNS 글이나 기획서·보고서 등처럼 우리가 쓰는 글 가운데는 내가 알고 있는 사실을 전달하는 것이 대부분이다. 이와 같이 글을 쓰는 목적이 지식이나 정보를 전달하는 것이라면 읽는 사람이 분명하게 이해할 수 있게 하는 데 주안점을 둬야 한다. 즉 말하고자 하는 바를 독자가 정확하게 이해할 수 있게끔 쉽게 작성해야 한다. 따라서 정확성과 명료성, 객관성과 경제성이 중요한 요소가 된다.

읽는 사람이 정확하게 이해할 수 있도록 하기 위해서는 무엇보다 복잡하게 표현하지 말아야 한다. 군더더기를 없애고 불필요한 수식어를 절제함으로써 간단명료하게 작성해야 한다. 또 지식이나 사실을 있는 그대로 전달해야 하므로 주관적 감정이나 견해가 들어가지 않도록 주의해야 한다. 지식과 정보를 정확하게 전달하기 위해서는 논리적으로도 앞뒤가 잘 맞아야 한다.

지식 전달을 목적으로 하는 글

자유무역협정(FTA)이란 제반 무역장벽을 완화하거나 철폐함으로써 무역자유화를 실현하기 위해 양국 간 또는 지역 사이에 체결하는 무역협정이다. FTA는 양자주의 및 지역주의적인 특혜 무역체제로 회원국에만 무관세나 낮은 관세를 적용한다. 시장이 크게 확대돼 비교우위에 있는 상품의 수출과 투자가 촉진된다는 장점이 있으나 경쟁력이 낮은 산업은 문을 닫아야 하는 상황이 발생할 수 있다는 단점이 있다. 한국은 2002년 칠레와 첫

FTA를 체결했으며, 2007년에는 미국과 FTA를 맺었다. 최근에는 호주·캐나다 등과도 FTA를 체결했다.

표현이 목적인 글

단순히 정보나 지식을 전달하는 글과 달리 자신의 감정이나 심리 상태 등 내면을 드러내는 글을 쓰는 경우가 있다. 이러한 글을 '표현이 목적인 글'이라고 한다. 표현이 목적인 글은 쓰는 사람의 감정이나 심리를 생생하게 드러내 읽는 사람이 절실히 공감하도록 해야 한다. 수필·감상문 등이 이에 속한다. 이러한 글은 자신의 심정이나 느낌을 전달하는 것이 주 내용이다. 표현이 목적이므로 무엇보다 쓰는 사람의 감정이나 내면세계가 생생하게 드러나도록 작성해야 한다.

표현이 목적인 글은 독창성이 중요하다. 상식적 내용이나 일반적 표현을 가지고는 자신의 감정과 심리를 생생하게 드러낼 수 없기 때문이다. 누구나 할 수 있는 표현과 형식으로는 읽는 사람의 공감을 자아내기 어렵다. 독창적인 내용과 형식으로 정서적 호소력을 발휘해 읽는 사람의 감정을 자극할 수 있어야 한다. 이처럼 내면세계를 섬세하게 표현하기 위해서는 다소의 소질도 필요하다. 특히 문학적인 글쓰기에서는 자신의 감정이나 심리뿐 아니라 다른 사람의 내면세계나 어떤 상황에 대해 구체적이고도 생생하게 묘사하는 능력이 있어야 한다.

팀장에게서 꾸중을 들은 회사원이 자신의 감정과 심리 상태를 생생하게 묘사한 글

월말 보고서를 아침까지 제출하라고 팀장에게서 지시를 받았지만 갑자기 일이 생기는 바람에 시간을 지키지 못했다. 평소 닦달이 심했던 팀장은 이때다 싶었는지 여러 직원 앞에서 호되게 꾸중을 했다. 다른 일도 아니고 회사 업무로 늦어진 것인데 너무나 억울하고 분했다.

마음을 좀 누그러뜨리려고 옆 사무실에 근무하는 입사 동기를 휴게실로 불러냈다. 커피를 뽑아 들고 소파에 앉아 팀장의 이름을 들먹이며 마구 흉을 보고 욕을 해댔다. 속이 다 후련했다. 그때 마침 누군가가 휴게실 문을 열고 들어왔다. 팀장이었다. 팀장이 커피를 타기 위해 휴게실로 들어온 것이다. 순간 나는 당황해 말을 멈췄지만 자기 흉을 보고 있었다는 것을 팀장이 눈치챈 표정이었다. 눈앞이 캄캄하고 식은땀이 흘렀다.

읽는 대상을
확실하게

ⱷ <u>02</u>

학생이 리포트를 쓴다고 가정해 보자. 읽는 대상이 누구일까? 읽는 사람은 담당 교수 딱 한 사람뿐이다. 따라서 그 교수가 어떤 것을 원하는지, 어떤 특징을 가지고 있는지 판단해 그에 맞추어 작성해야 한다. 교수마다 내용을 평가하고 점수를 주는 기준이 다를 수 있기 때문이다. 자기소개서를 쓰는 경우에도 독자는 딱 한 사람, 바로 내 글을 읽고 합격 여부를 판단하는 인사담당자다. 그렇다면 인사담당자의 특성에 맞추어 작성해야 한다. 이런 의미에서 글을 작성할 때는 읽는 대상이 누구인지를 분명하게 인식하고 그에 맞추어 작성하는 것이 중요하다.

독자의 성격은 다양하지만 크게 '특정 소수의 독자'와 '불특정 다수의 독자'로 나누어 볼 수 있다. 특정 소수의 독자란 위에서 얘기한 교수나 인사담당자처럼 명확하게 범위가 한정된 일부 독자를 말한다. 기획안이나 보고서도 대부분 상사가 독자다. 이처럼 소수의 독자는 그들만이 지니는 독특한 성격을 갖게 마련이다. 따라서 특정 소수의 독자를 전제하고 쓰는 글들은 반드시 독자의 독특한 성격에 어울리는 내용과 형식을 가져야 한다. 기획서라면 그것을 판단하는 사람의 입맛에 맞게 작성해야 하고, 보고서라면 상사의 구미에 맞게 서술해야 한다.

불특정 다수의 독자란 명확하게 정해지지 않은 일반 독자를 말한다. 즉 광범위한 일반인이 글의 대상이 되는 것이다. 신문이나 잡지의 기사가 대표적으로 불특정 다수를 대상으로 작성하는 글이다. 이러한 글은 독자의 범위가 매우 넓다. 남녀노소, 일반인 누구나 독자가 될 수 있다. 시나 소설 같은 문학적인 글도 마찬가지다. 일반인 누구나 대상이 된다. 이들 글은 독자가 특별히 정해진 것이 아니기 때문에 불특정 다수의 독자를 전제로 쓰는 수밖에 없다.

그러나 모든 사람의 입맛에 맞는 글을 쓰기란 사실상 불가능하다. 따라서 불특정 다수를 대상으로 하는 글도 실제로는 많은 사람 가운데서 가장 평균적인 사람들을 가상의 독자로 전제하고 쓰는 수밖에 없다. 즉 평균 정도의 지식과 교양을 지닌 사람이 글을 읽게 된다고 가정하는 것이다. 신문에서도 다양한 계층의 수많은 독자를 다 만족시킬 수는 없으므로 평균적인 독자를 상정해 기사를 작성한다.

읽는 대상을 특정 독자인 주부로 한정하고 그에 맞추어 쓴 글

　요통은 주부에게 많이 발생한다. 식사 준비나 설거지 등을 위해 하루 평균 5시간 정도를 주방에서 보내기 때문이다. 게다가 명절 기간은 음식을 준비하고, 차리고, 설거지하는 것을 반복해야 하므로 요통이 쉽게 유발된다. 대부분의 주방은 주부들이 노동을 하기에 좋은 공간이 아니다. 조리대의 높이가 주부의 키에 맞지 않기 때문이다. 주방 조리대의 높이가 주부의 키와 맞지 않을 경우 허리를 곧추세운 것도, 구부린 것도 아닌 구부정한 자세가 되기 때문에 요통이 발생한다.

　주부가 편안한 자세로 섰을 때 배꼽보다 조금 아래에 조리대가 위치하는 것이 가장 좋다. 부엌일을 할 때는 짬을 내서 허리 체조를 해 주는 것도 중요하다. 마루를 청소하고, 이부자리를 갤 때는 차라리 무릎을 꿇는 것이 좋다. 가정주부의 경우 하루의 운동량과 매일 쓰는 근육이 정해져 있어 하루 한 차례씩 전신체조를 하거나 수영, 걷기운동 등을 해 줘야 한다.

03 읽는 사람을
배려하라

어떤 독자를 겨냥하고 쓰는지 정해졌다면 그에 맞게 읽는 사람을 배려해야 한다. 논문은 전문가나 관련 분야의 사람들을 위한 글이므로 전문용어나 어려운 표현을 사용해도 관련자들이 충분히 이해할 수 있기 때문에 별 문제가 되지 않는다. 자세하게 풀어 설명하는 것보다 오히려 전문용어를 적절하게 사용하는 것이 간결하고 이해를 빠르게 할 수도 있다. 기획안이나 보고서도 마찬가지다.

하지만 일반인을 대상으로 무엇을 설명하는 SNS 글이나 수필·감상문 등은 다르다. 이러한 글은 많은 사람을 대상으로 하기 때문에 전문용어나 어려운 단어를 사용해 작성한다면 그만큼 읽힐 대상이 적어지게 된다. 일반인을 대상으로 한 글에서 이해하기 어려운 용어가 등장하고 문장이 딱딱하게 돼 있다면 많은 사람이 도중에 읽기를 그만둘 것이다. 설사 끝까지 읽는다 하더라도 무슨 내용인지 제대로 소화하지 못하므로 좋은 글이라 할 수 없다. 많은 사람을 대상으로 하는 글일수록 쉽게 써야 한다.

안락사란 불치의 병에 걸려 죽음의 단계에 들어선 환자의 고통을 덜어 주기 위해 그 환자를 죽게 하는 것이다. 생명체의 의사에 따라 자의적 안락사와 비임의적 안락사, 타의적 안락사로 나누어 볼 수 있다. 또 행위자의 행위에 따라 소극적 안락사, 간접적 안락사, 적극적 안락사로 구분할 수 있다. 생존의 윤리성에 따라서는 자비적 안락사, 존엄적 안락사로 나눌 수 있다.

🗐 전문용어 또는 어려운 낱말을 사용해 안락사에 대해 설명하고 있다. 관련 전문가라면 별다른 거부감을 갖지 않고 읽어 갈 수 있겠지만 일반인은 몇 줄 읽어 보고 읽기를 포기하는 경우가 많을 것이다. 따라서 특정 소수를 겨냥해서는 유용한 글이지만 일반인이 읽기에는 부적절한 글이다. 만약 이런 내용을 가지고 일반인에게 읽히게 하려면 읽는 사람을 배려해 쉽게 풀어 써야 한다. 지나치게 구체적인 내용이어서 도움이 안 되는 것은 생략할 필요도 있다.

✎ 안락사란 불치의 병에 걸려 죽음의 단계에 들어선 환자의 고통을 덜어 주기 위해 그 환자를 죽게 하는 것이다. 환자의 의사에 따라 환자의 자발적인 의사에 의한 것, 환자가 의사를 표시할 수 없거나 의사 표시가 불가능한 상황에서 시행되는 것, 환자의 반대에도 불구하고 시행자가 실시하는 것으로 나누어 볼 수 있다. 또 안락사를 시행하는 사람의 행위에 따라, 생존의 윤리성에 따라 여러 가지로 나눌 수 있다.

주제가
명확해야 한다

　신문사에서는 아침마다 편집회의를 한다. 편집국장 주재로 각 부서의 부장들이 참석해 회의를 연다. 여기에서 많이 나오는 용어 가운데 하나가 '야마'다. 우리말로 산(山)을 뜻하는 일본어 '야마'는 신문사에서 일종의 주제를 가리키는 말(은어)로 쓰이고 있다. "기사 야마가 뭐야" "야마는 ○○이다" "야마가 뭔가요"와 같은 말을 자주 듣는다. 데스크가 "야마는 조지는 거야" 그러면 좋지 않게, 즉 부정적으로 서술하라는 것이다.

　같은 사건을 긍정적으로 바라볼 수도 있고 부정적으로 바라볼 수도 있다. 따라서 미리 어느 쪽인지를 정하지 않으면 다시 써야 하는 경우가 발생하므로 글의 주제나 키워드 등을 사전에 이렇게 주고받는 것이다. 그래야 그것에 맞추어 효율적으로 취재하고 자료를 모으고 제대로 기사를 작성할 수 있다. 일반 글도 마찬가지다. 작성하기 전에 주제를 명확하게 정해야 효과적으로 쓸 수 있다.

　이처럼 글쓰기에서 가장 중요한 개념 가운데 하나가 주제다.

주제가 분명해야 좋은 글이 된다. 주제를 선명하게 드러내려면 무엇보다 주제가 하나로 집약돼야 한다. 하나의 글에 두 가지 주제가 있다면 초점이 흐려질 수밖에 없다. 따라서 주제는 한 가지로 명확해야 한다. 그러기 위해서는 글을 써 내려가면서 주제에서 벗어나지 않도록 주의해야 한다. 글쓰기 훈련이 제대로 돼 있지 않은 사람의 글을 읽다 보면 무슨 말을 하려는지 도무지 알 수 없는 경우가 허다하다. 이런 것은 바로 주제가 명확하지 않기 때문에 발생하는 일이다.

주제를 명확하게 하기 위해서는 전체적으로 내용의 통일성이 있어야 한다. 문장과 문장이 통일성을 가지고 긴밀하게 연결돼야 한다. 주제를 뒷받침하는 근거나 소재도 주제와 가장 가까운 것을 선택해 긴밀한 상관성을 지니게 해야 한다. 그러자면 글의 시작부터 마무리까지 말하고자 하는 내용, 즉 주제가 확실하게 드러나도록 일관되게 이야기를 이끌어 가야 한다. 잘 써 내려가다가 집중력이 떨어져 마지막에 주제에서 이탈하는 경우가 적지 않다.

철도노조 파업으로 열차가 단축 운행된다는 소식을 듣고 평소보다 30분 일찍 집을 나섰다. 역에 들어서니 승강장에는 벌써 평소의 몇 배가 되는 사람들로 붐볐다. 30분을 기다려서야 겨우 열차가 들어왔다. 서울이 가까워 오면서 전동차는 완전히 콩나물시루가 됐고 옴짝달싹할 수 없었다. 역에서 사람이 내리고 탈 때마다 여기저기에서 신음과 욕설이 터져 나왔다. 평소 40분 거리인 시청역까지 무려 1시간30분이나 걸렸다. 생각하기도 싫은 지옥철이었다.

철도노조가 파업을 하게 된 것은 비정규직과 처우 문제 때문이다. 철도노조는 신분이 불안정한 비정규직을 정규직으로 전환하고 열악한 근무 환경을 개선해 줄 것을 요구하고 있다. 철도의 안전을 확보하기 위해서는 신분이 불안정한 비정규직을 하루빨리 정식 직원으로 전환하고, 충분한 휴식이 확보되지 않는 교대근무 등 열악한 근무 환경을 개선해야 한다는 것이다. 철도노조는 거의 해마다 파업을 벌이고 있다. 시민들이 안전한 지하철을 이용하기 위해서는 그들의 요구에도 귀를 기울여야 한다.

🗏 파업이 부당하다는 것인지 정당하다는 것인지 주제가 분명하지 않다. 둘째 단락을 다음과 같이 적으면 주제가 분명해진다.

✎ 철도노조는 시민들에게 이토록 고통을 주어도 된다는 말인가. 시민의 발을 볼모로 한 파업을 언제까지 계속할 것인가. 그들의 요구 사항을 관철하기 위해 시민들에게 고통을 가하는 것은 도저히 용납할 수 없다. 걸핏하면 파업을 일삼는 노조의 요구 사항을 들어주지 말고 이번에 완전히 잘못된 행태를 바로잡아야 한다.

이와 같이 지하철 파업으로 아침에 출근하면서 겪은 불편에 대해 글을 쓴다면 얼마나 불편을 겪었는지와 시민의 발을 볼모로 한 파업이 얼마나 부당한지로 얘기를 이끌어 가야 한다. 일관성 없이 파업을 하는 쪽의 입장도 함께 늘어놓는다면 이 얘기 저 얘기 아무것도 되지 않는다. 결국 읽는 사람은 그래서 무슨 말을 하려는지 종잡을 수 없게 된다.

아파트 분양광고의 경우 욕심대로 좋은 점을 다 나열해 '전망 좋고, 쾌적하고, 넓고, 교통 편리한 아파트-'라고 광고한다고 가정해 보자. 어느 것 하나 제대로 눈에 띄는 것이 없는 그저 그런 아파트가 되고 만다. 이 아파트의 최고 장점이면서도 소비자가 가장 원하는 요소가 무엇인가를 찾아 그것만 내세우는 것이 더 호소력이 있다. 그 아파트의 가장 큰 특징이 전망이라면 '전망 좋은 아파트'라는 문구를 내세우고 왜 전망이 좋은지 구체적으로 설명하는 것이 훨씬 낫다.

보고서를 쓸 때도 마찬가지다. 핵심 사항이나 윗사람이 가장 관심을 가질 만한 내용을 끄집어내 그것을 가지고 집중적으로 서술해야 한다. 그 외 다른 것은 뒷부분에서 짧게 처리하거나 도표

글쓰기 정석

로 보여 주면 된다. 그래야 읽는 사람에게 핵심 내용을 명확하게 이해시키거나 관심거리에 대한 궁금증을 제대로 풀어 줄 수 있다. 만약 모든 내용을 비슷한 양으로 다루면 어느 것도 눈에 잘 들어오지 않는다.

예전에 화장품 이름에 '섹시 마일드(sexy mild)'라는 것이 있었다. 미국의 배우 멕 라이언이 한국에서 그 화장품 광고를 찍고 미국으로 돌아가 방송에 출연해 "별 이상한 이름 다 보았다"는 식으로 얘기해 문제가 된 적이 있다. '섹시'면 '섹시'고, '마일드'면 '마일드'지 각기 다른 개념을 나타내는 형용사 두 개를 나열해 놓았으니 그가 보기에도 이상했던 모양이다.

우리말로 바꾸어 놓으면 얼마나 어색한지 금방 드러난다. '섹시한 부드러운'으로 어법상으로도 성립하지 않는다. '섹시한 화장품'이나 '마일드한 화장품' 둘 중 하나로 이미지를 강조해야지 두 개의 개념을 한꺼번에 전달하려니 어느 것 하나 제대로 와 닿지 않고 어설프기만 하다. 좋은 단어를 마구 갖다 붙인다고 더 나아지는 게 아니다. 긴 글이든, 짧은 광고 문구든 하나의 글에는 하나의 주제만 담아 명확하게 와 닿도록 해야 한다.

05

독창적인
내용이어야 한다

여러분은 어떤 글에 시선이 가는가? 아마도 무언가 재미있어 보이는 글이 아닐까 싶다. 요즘은 뭔가 새롭거나 흥미로운 내용이 아니면 잘 읽으려 하지 않는다. 따라서 기존의 것과 다른 내용이라는 것을 보여 주거나 가급적 재미있는 내용으로 이야기를 풀어 나가야 한다. 흥미롭거나 재미있는 내용이 되기 위해서는 무엇보다 주제가 독창적이어야 한다. 글에서 독창적이어야 한다는 것은 참신한 내용으로 읽는 사람의 관심과 흥미를 끌 수 있어야 한다는 뜻으로 이해하면 된다.

주제가 참신하기 위해서는 소재의 독창성, 시각의 독창성 등이 바탕이 돼야 한다. 그러나 막상 글을 써보면 참신한 주제를 설정하는 일이 그리 쉽지는 않다. 우선 여기저기 남들이 많이 다룬 주제는 피하는 것이 하나의 요령이다. 또한 흔히 듣고 보며 누구나 생각해 낼 수 있는 주제를 피하는 것이 좋다. 누구나 얘기할 수 있는 일상적인 주제는 참신할 수 없을 뿐 아니라 읽는 이의 흥미를 끌 수 없다.

'비둘기' 열차와 '성북동 비둘기'로 과거를 추억하는 독창적인 글

기차의 미덕은 아마도 '비둘기'의 퇴장(2000년 11월)과 함께 사라져 버린 것 같습니다.

한 사람의 손님이 있어도 멈춰 서고, 역무원 하나 없어도 정거장 푯말이 있는 곳이면 쉬어 가던 비둘기. 어디로 갔을까요. 높은 하늘로 비상하기보다는 낮은 곳에서 사람들과의 친구 노릇을 즐기던 그 비둘기 떼는. 일등의 자리를 마다하고 삼등열차로 내려앉아서 민초(民草)들과 고락을 함께하던 그 사랑과 평화의 사도들은!

아무려나, 이제 그 비둘기를 추억하는 일은 마치 저 김광섭 시인의 '성북동 비둘기'를 읽는 것처럼 쓸쓸한 일만 같습니다. 독수리처럼 날렵하지도 못하고, 공작새처럼 화려하지도 못한 비둘기를 생각하는 일은 결국 속도에 관한 성찰이 됩니다. 그 성찰은 '과속(過速)'과 '질주(疾走)'가 우리로 하여금 얼마나 많은 것을 잃고 놓쳐 버리게 하는가를 살필 수 있게 합니다.

-윤준호, 「20세기 브랜드에 관한 명상」 중

이러한 독창성은 반드시 보편적인 공감을 불러일으키는 것이어야 한다는 점에 주의해야 한다. '데모하는 사람은 다 잡아넣어야 한다'거나 '성범죄자는 무조건 사형에 처해야 한다' '투기꾼의 재산은 모두 몰수해야 한다'고 한다면 독창적이긴 하지만 공감을 얻기 힘들다. 보편성을 무시한 독창성은 읽는 사람의 시선을 끌 수 있을지는 모르지만 결코 좋은 글이 될 수 없다. 아무리 독창적인 것이라 해도 보편타당하지 않은 사실이라면 의미가 없다.

독창적이지만 처벌 방법에서는 다소 공감을 얻기 어려운 글

미성년자를 대상으로 한 성범죄자는 사형을 시키거나 최소한 무기징역에 처해야 한다. 대처 능력을 갖지 못한 어린이들을 대상으로 한 범죄라는 점에서 죄질이 극히 나쁘다. 또 피해자들은 평생 씻을 수 없는 고통으로 신음하며 살아가야 하기 때문에 엄벌에 처하는 것이 마땅하다. 성폭행범의 인권보다 피해자의 인권이 더 중요하다. 성범죄자는 죗값을 치르고 나서도 같은 범죄를 되풀이하는 확률이 높다. 성범죄를 예방하기 위해서도 특히 미성년자에 대한 성범죄자는 극형에 처하거나 사회에서 완전히 격리해야 한다.

06 주제를 좁혀야
쓰기 쉽다

　무슨 글이든 쓰려고 하면 막연하게 느껴진다. 이것은 주제가 넓기 때문에 벌어지는 일이다. 따라서 글을 쓸 때는 주제부터 좁혀야 한다. 주제를 좁히지 않고는 글쓰기가 어렵다. 막연하게 범위를 잡아서는 쓸거리가 생각나지 않는다. 쓴다고 해도 누구나 할 수 있는 일반적인 이야기를 벗어나기 어렵다. 이럴 때는 자신에게 가까운 것이나 남들이 관심을 가질 만한 사항으로 주제를 좁혀 쓰는 것이 요령이다. 욕심을 부려 거창한 주제에 매달리면 글이 제대로 써지지 않는다.

　글의 초점을 분명하게 드러내기 위해서도 주제를 좁혀야 한다. 범위를 넓게 잡으면 주제와 별 관계없는 이야기를 이것저것 나열함으로써 글의 초점이 흐려지기 일쑤다. 심지어는 무슨 얘기인지 횡설수설하다 글을 끝낼 수도 있다. 주제를 좁히는 것을 터득해야 무슨 글이든 잘 쓸 수 있다. 범위를 좁혀 서술해 나가는 훈련을 하면 글쓰기 실력도 빠르게 는다.

　부서 체육대회가 끝난 뒤 사보에 글을 쓴다고 가정해 보자. 막상 쓰려고 하면 무엇을 써야 할지 막연하다. 만약 체육대회에서 있었던 일을 이것저것 모두 나열한다면 어느 체육대회에서나 있는 뻔한 이야기로 재미가 없다. 이럴 때는 가장 재미있었던 것이나 남들이 관심을 가질 만한 사항을 끄집어내 이야기를 풀어 나가야 한다. 그래야 실감나게 전달할 수 있고, 읽는 사람이 흥미진진하게 글을 읽을 수 있다.

기업체에서 해외 시찰을 다녀와 보고서를 쓰는 경우에도 마찬가지다. 자기 회사와 관련된 가장 중요한 사항이나 관심사를 집중적으로 쓴 뒤 나머지는 간단하게 언급하면 된다. 만약 시찰에서 본 것을 모두 다 쓴다면 지나치게 양이 길어진다. 전체 내용을 줄여서 쓴다고 해도 수박 겉핥기식의 글밖에 되지 않는다. 전체를 다루면 읽는 사람에게 별반 구체적으로 와 닿는 내용 없이 그저 그런 글이 될 수밖에 없다.

무엇에 대해 써 달라고 원고 청탁을 받는 경우도 마찬가지다. 신입사원으로서 느낀 점을 써 달라는 원고 청탁을 받았다고 가정해 보자. 신입사원으로서 받은 교육이나 그동안 있었던 모든 과정을 다 쓸 수는 없다. 가장 중요하게 생각하는 것이나 에피소드를 끄집어내 그것을 가지고 구체적이고도 실감나게 서술해야 한다. 그래야 남들이 신입사원 생활이 이런 것이구나 하고 생생하게 느낄 수 있다.

직장 생활의 보람에 대해 블로그나 페이스북 등에 글을 하나

써서 올릴 경우 업무·월급·승진·대인관계 등 직장에서 벌어지는 모든 것으로 범위를 넓게 잡는다면 복잡하고 막연해진다. 그렇게 써 봐야 별 재미도 없다. 이 중 어느 한 가지로 주제를 좁혀 자신에게 일어난 일을 가지고 생생하게 서술하면 쓰기 쉬우면서도 누구에게나 와 닿는 글이 된다.

논술 시험에서 어떤 주제를 주고 그에 대한 생각을 서술하라고 하는 경우에도 마찬가지다. 범위를 좁혀 자신이 잘 알거나 주변에서 벌어진 일을 가지고 써 나가야지 넓은 범위에서 모두 다 다루려고 하면 아무것도 되지 않는다. 환경오염에 대해 서술하라고 하면 수질오염 등 주변에서 일어난 일을 가지고 실감나게 적어 나가는 것이 가장 쓰기 쉽고 읽는 사람에게 호소력도 있다.

글쓰기를 자주 해 보면 이처럼 주제를 좁히는 것만큼 중요한 일이 없다는 것을 스스로 터득하게 된다. 특히 글쓰기 경험이 많지 않은 사람은 주제를 좁히는 연습부터 해야 한다. 막연한 주제는 사실 그 누구도 소화하기가 쉽지 않다. 남들이 관심을 가질 만한 것 또는 자기가 잘 알거나 경험이 있는 부분을 선택해 집중적으로 언급하는 것이 좋은 글을 쓰는 요령이다.

좋은 주제의 요건

쉬운 것이어야 한다

주제는 쉬울수록 좋다. 쓰는 사람이 잘 알고 있는 것으로 주제를 설정해야 자신 있게 써 내려갈 수 있고, 읽는 사람에게 실감나게 전달할 수 있다. 글 쓰는 사람이 잘 알지 못하는 내용이거나 정확히 표현하기 위한 방법이 부족하다면 알맞은 주제가 될 수 없다. 그에 대한 지식이나 자료가 불충분한 내용은 누구나 헤맬 수밖에 없으므로 자신이 소화할 수 있는 범위에서 쉬운 것으로 주제를 설정해야 한다.

흥미를 끌 수 있는 것이어야 한다

주제는 독자가 기꺼이 읽어보고 싶은 마음이 생길 정도로 독자의 흥미를 끌 수 있는 것이어야 한다. 그러기 위해서는 무엇보다 주제가 참신해야 한다. 일상생활에서 흔히 듣고 보며 누구나 생각해 낼 수 있는 주제는 피하는 것이 좋다. 누구나 듣고 보며 생각해 낼 수 있는 주제는 결코 참신할 수 없을 뿐 아니라 읽는 이의 흥미를 끌 수 없다. 주제가 참신하려면 소재의 독창성과 시각의 독창성이 필요하다.

07

주제를
잘 잡는 방법

무엇에 대해 써 달라고 원고 청탁을 받거나 기획서·보고서를 쓴다면 대부분 주제에 해당하는 대략의 제목이 정해진다. 이때는 되도록 중심 내용을 구체적이고 좁은 범위로 한정해 써야 한다. 무엇에 대해 쓸 것인지 정해져도 막상 쓰려고 하면 막연하게 느껴지는 것은 바로 주제가 포괄적이기 때문이다. 앞서 얘기한 대로 주제가 넓으면 글을 구체적으로 전개시키지 못하거나 지나치게 상식적이고 뻔한 내용을 되풀이하기 쉽다.

시·수필·감상문 등 비교적 자유로운 형식의 글은 대개 '소재 → 제재 → 주제'의 순서로 주제를 잡아 나간다. 즉 소재를 찾아 그에 의미를 부여하고 글의 주제를 이끌어 내는 순으로 생각을 다듬어 나간다. 그러나 기획서·보고서·설명문·기사 등은 무엇에 대해 쓸지 이미 정해지는 경우가 대부분이므로 이와는 반대로 주제를 좁히는 방식으로 전체적 윤곽을 잡아 나가야 한다.

따라서 주제가 주어졌을 때는 잠정적 주제(가주제)로부터 구체적 주제(참주제)로 생각을 좁혀 나가야 한다. 잠정적 주제는 글의 중심 내용으로 범위가 넓으며 포괄적인 주제다. 글의 대체적인 내용으로, 어떤 대상에 대해 글 쓰는 사람이 가진 일반적인 생각을 가리키는 개념이다. 구체적 주제는 대상에 대한 주장이나 관점으로 집약된 주제다. 즉 구체적으로 글을 쓸 수 있도록 생각의 범위가 좁혀지고 어떤 대상에 대한 하나의 관점으로 모인 한정된 주제를 가리킨다.

처음 글쓰기 훈련을 할 때는 '잠정적 주제 → 구체적 주제 → 주제문 작성 → 서술'의 과정을 거치면 좋다. 즉 구체적 주제로 생각을 좁힌 다음 쓰는 사람의 중심적 생각이나 주장이 반영된 주제문(주제를 보다 명확하게 완결된 문장으로 서술한 것)을 작성한 뒤 서술하는 과정을 밟으면 글쓰기를 체계적으로 익힐 수 있다. 이러한 과정을 머릿속으로 구상해 나가도 되고 종이에 대고 직접 써 보면서 연습해도 된다.

주제의 종류

잠정적 주제(가주제)

글의 중심 내용으로 범위가 넓고 포괄적이며 막연한 주제. 글의 대체적인 내용으로 어떤 대상에 대해 글쓴이가 지니는 일반적인 문제의식을 가리키는 개념. 아직 글쓴이의 핵심적인 주장이나 견해가 드러나지 않은 것으로 흔히 제목을 연상하면 된다.

구체적 주제(참주제)

대상에 대한 주장이나 관점으로 집약된 주제. 생각의 범위가 좁혀지고 어떤 대상에 대한 하나의 주장이나 관점으로 한정된 주제. 글을 쓸 때는 대개 잠정적 주제로부터 구체적 주제로 사고의 방향을 다듬어 나간다.

주제문

주제를 보다 명확하게 완결된 문장으로 작성한 것. 이것을 통해 쓰는 사람의 생각·의견·태도 등이 드러남. 주제문을 작성한 다음 서술하는 과정을 밟으면 전체 글을 체계적으로 써 나가는 데 도움이 된다.

> **주제** 광고의 목적
> **주제문** 광고의 목적은 상품이나 서비스에 대한 정보를 소비자에게 널리 알리는 데 있다.

주제의 설정 과정

시 · 소설 · 수필 · 감상문 등 문학적 글쓰기   소재 → 제재 → 주제

기획서 · 보고서 · 기사 · 논술 등 주제가 정해진 글   가주제 → 참주제 → 주제문 작성 → 서술

가주제 생산성 향상

참주제 비용 절감, 품질 경쟁력 향상, 회사 이윤의 극대화

주제문 비용 절감과 제품의 질적 경쟁력 향상으로 회사 이윤을 극대화해야 한다.

글에도
리듬이 있다

살아가면서 늘 리듬감 있게 움직이는 것이 필요하다. 리듬이 있어야 삶이 유연하게 굴러가고 일이 즐겁게 느껴지기 때문이다. 글에서도 내용을 더욱 빛나게 하는 것이 리듬이다. 글이 리듬감 있게 굴러간다면 훨씬 읽기 편하고 이해하기 쉬워진다. 다 읽은 다음의 여운도 좋다. 반대로 글에 리듬감이 없다면 딱딱하고 어렵게 느껴진다.

따라서 글에 어떻게 리듬감을 불어넣느냐가 글을 쓸 때 고려해야 하는 중요한 요소 가운데 하나다. 처음 쓸 때부터 리듬감을 불어넣으면 좋지만 이런 것까지 생각하다 보면 쓰는 속도가 느려진다. 그러므로 글을 다 작성해 놓은 뒤 반복해 다듬으면서 리듬감을 불어넣으면 된다.

긴 문장과 짧은 문장을 섞어 써라

음악에서 리듬이란 음의 장단이나 강약이 반복될 때의 규칙적인 흐름을 이야기한다. 길고 짧고, 강하고 약한 게 있어야 리듬이 생긴다. 이처럼 모든 것은 일정한 규칙에 따라 반복되는 움직임이 있을 때 리듬이 만들어진다. 글에서도 마찬가지다. 긴 문장(장문)이 계속되거나 짧은 문장(단문)이 계속되면 리듬감이 없어진다. 따라서 짧은 문장과 긴 문장이 적절하게 조화를 이루도록 해야 한다.

도식화하면 '장문 → 단문, 단문 → 장문, 단문 → 장문 → 단문, 장문 → 단문 → 장문'으로 이어져야 리듬이 생긴다. 반드시 이와 같은 형태를 취하지는 못하더라도 가능하면 긴 문장 다음에는 짧은 문장, 짧은 문장 다음에는 긴 문장이 와야 단조로움을 피할 수 있다.

> 무슨 건물을 지었다 하면 뜻을 알기도 어려운 영어식 명칭을 갖다 붙이는 요즘 행태에 비하면 순우리말로 된 '누리마루' '나래마루'는 정말 값진 이름이다. 세계 정상이 모이는 역사적 건물임을 생각하면 더욱 그렇다. 아무쪼록 이번 정상회의가 외교적인 성과 외에도 우리의 앞선 정보기술과 전통문화를 세계에 알리는 기회가 되었으면 한다. 우리말과 더불어 우리 것이 가장 세계적인 것이다.
>
> -배상복, '멋진 이름 누리마루·나래마루' 중

📃 '장문 → 단문 → 장문 → 단문'으로 리듬을 살렸다.

반복어법을 구사하라

단어의 반복이나 일관된 연결로도 리듬을 살릴 수 있다. 수사학에서는 반복에 의해 인상을 강화하는 방법을 '반복법'이라고 한다. 한 문장이나 문단 안에서 같은 단어나 어구(語句) 또는 문장을 반복함으로써 감정적 호소의 효과를 높이는 표현 기법이다. 시(詩)에서 운율을 맞춰 흥을 돋우거나 뜻을 강조할 때 많이 쓰인다. 반복법은 광고 문구나 글의 제목에서도 유익하게 활용된다. 다만 글에서 불필요한 반복은 중복의 요소가 있으므로 주의해야한다.

반복법으로 리듬을 살린 광고 문구

- 뽀뽀뽀 삐삐삐 뽀삐뽀삐
- 누가 깨끗한 시대를 말하는가. 누가 깨끗한 소주를 말하는가
- 오늘도 반짝여 볼까? 반짝반짝 내 입술을 위한 반짝 파티
- 손이 가요 손이 가~, 새우깡에 손이 가요, 어른 손 아이 손

자꾸만 손이 가~, 언제든지 새우깡, 어디서나 맛있게~

반복법으로 리듬을 살린 글의 제목

- 디자이너 없는 디자인 명가
- 별들의 전쟁, 왕별은 누구인가
- 서울은 시위 폭탄, 고양은 물 폭탄
- 보물단지도 이런 보물단지가 없다

가을을 재촉하는 비가 내린다. 유난히 길고 더웠던 여름도 이렇게 막을 내리나 보다. 비가 그치면 맑고 푸른 하늘에 아침저녁으로 선선한 바람이 불어오고, 길가에는 코스모스가 흐드러지게 피어 바람에 살랑거릴 것이다. 가을바람에 가녀린 몸을 떨며 살살거리는 꽃, '살사리꽃'−. 그 이름을 아는가.

-배상복, '살사리꽃을 아시나요' 중

📄 '원숭이 궁둥이는 빨개. 빨간 것은 사과. 사과는 맛있다'처럼 정확하게 글의 끝 부분의 말을 다음 글의 첫머리에서 반복한 것은 아니지만 '비가' → '비가', '바람이' → '바람에' → '가을바람에', '살랑거릴' → '살살거리는 꽃' → '살사

리꽃'으로 앞말을 적당히 반복해 이어 가며 연쇄적·점층적 으로 리듬을 살렸다.

메모하는
습관을 들여라

저자가 사용하는 휴대전화는 갤럭시 노트 시리즈다. 지금까지 한 번도 다른 휴대전화를 사용해본 적이 없다. 이유는 딱 한 가지. 그때그때 메모가 가능하기 때문이다. 무엇이 생각날 때마다 휴대전화를 꺼내 메모한다. 옛날처럼 가방 속에서 노트와 연필을 꺼내지 않아도 된다. 참으로 편리한 세상이다.

그런데 가끔은 이마저 귀찮아 그냥 머릿속으로만 구상하는 경우가 있다. 어떤 때는 버스나 전철을 타고 오면서 쓰고자 하는 한 편의 글을 머릿속으로 구상하고 전체 그림을 완성한다. 이런 순서로 이렇게 이렇게 써야지 하면서 전체 내용을 모두 그려보고는 흡족해한다. 그러나 막상 집에 와서 그것을 옮기려고 하면 아무것도 생각나지 않는 경우가 허다하다. 그럴 때마다 메모하지 않은 것을 후회하지만 때는 이미 늦었다.

글을 쓰는 사람에게 메모는 아무리 강조해도 지나치지 않다. 개인에 따라 특히 어느 곳에서 글에 대한 구상이 잘 떠오르는 경우가 있다. 차를 타고 오면서 또는 산책을 하면서 글에 대한 구상이나 스토리가 떠오른다면 반드시 메모를 해야 한다. 어떤 사실을 단순 기록하는 경우에도 마찬가지다. 인간의 뇌는 한계가 있으므로 좋은 생각이나 아이디어는 그때그때 메모를 해야 온전히 내 것으로 만들 수 있다.

메모는 기억력의 한계를 극복하는 수단

메모는 기억력의 한계를 극복하는 매우 유용한 수단이다. 미국의 에이브러햄 링컨 대통령은 늘 모자 속에 노트와 연필을 넣고 다니면서 좋은 생각이 떠오르거나 유익한 말을 들으면 즉시 메모하는 습관을 들였다고 한다. 발명왕 토머스 에디슨은 이동하는 사무실이라 불릴 정도로 장소를 불문하고 메모를 했다. 평생 동안 메모한 노트가 3400여 권이나 된다고 한다.

천재라 일컬어지는 이들도 자신의 아이디어나 생각을 잊어버리지 않기 위해 얼마나 열심히 메모했는지를 엿볼 수 있는 대목이다. 이들이 위대한 업적을 이룰 수 있었던 바탕에는 메모하는 습관이 있었던 셈이다. 이처럼 오래 전에 생각했던 것을 다 기억해 낼 수 없기는 누구나 마찬가지다. 특히 나이가 들면 방금 생각했던 것도 까먹기 일쑤다. 떠오르는 생각을 그때그때 메모해 놓지 않으면 아이디어의 상당 부분을 잃어버리게 된다.

기타 필요한 정보를 내 것으로 만드는 방법

전통적으로 메모와 비슷하게 필요한 자료를 모으는 방식 가운데 하나는 스크랩이다. 관심 분야에 대한 내용이 게재된 신문이나 잡지 기사를 스크랩해 두는 방법을 많이 사용했다. 이들 기사는 관련 내용을 심층적으로 담고 있는 경우가 많으므로 그 어떤 자료보다 요긴하게 쓰일 수 있기 때문이다. 관련 기사가 나올 때마다 오려서 철해 두곤 했다. 음악에 대한 관심이 많다면 음악 기사를, 영화에 대한 관심이 많다면 영화 관련 기사를 모으는 식이었다.

그러나 요즘은 기사가 인터넷에 대부분 올라 있으므로 과거 기사를 조회하기가 무척이나 편리해졌다. 키워드를 치면 필요한 기사가 모두 나온다. 그렇더라도 평소에 자신이 관심을 가진 분야의 기사를 파일 형태로 분류해 따로 저장해 두면 필요할 때 더욱 편리하게 이용할 수 있다. 만약 자신이 어느 한 분야에 전문적인 관심을 갖고 그 부분과 관련한 글을 쓰는 사람이라면 관련 기사를 볼 때마다 분류·정리해 파일로 저장해 둔다면 시간과 노력을 줄일 수 있다. 이렇게 평소 여유가 있을 때 완전히 자신의 자료로 만들어 놓고 필요할 때 즉각 찾아 쓰는 것이 가장 좋은 방법이다.

필요한 자료를 습득하는 데 메모와 스크랩 못지않게 중요한 것이 취재다. 취재는 기자만 하는 것이 아니다. 자신이 잘 알지 못하는 내용은 전문가에게 문의하는 것이 좋다. 어려움이 따르긴

하지만 그 분야의 전문가에게 얘기를 듣는 것이 가장 확실하게 자료를 얻는 방법이다. 필요할 경우 전문기관이나 연구소 등에 문의하거나 취재를 가야 한다. 요즘은 이메일로도 많이 취재한다. 시장조사나 여론조사도 취재의 한 형태다. 이러한 취재를 바탕으로 작성한 글이나 보고서 등은 더욱 신뢰가 간다.

메모의 7가지 기술

① 언제 어디서든 메모하라

머릿속에 떠오른 생각은 그 자리에서 바로 기록하는 것이 메모의 법칙이다.

目 목욕할 때, 산책할 때, 잠들기 전 등 언제 어디서든 메모한다.

目 늘 지니고 다니는 것, 늘 보이는 곳에 메모한다.

② 주위 사람들을 관찰하라

독자적인 방법을 고안할 능력이 있다면 자신만의 방법을 터득하면 되지만, 그럴 능력이 없다면 우선 눈에 보이는 것부터 시작하는 것이 최우선이다. 즉 일을 잘하는 사람의 방법을 보고 배우는 것이다.

- 일을 잘하는 사람을 관찰하고 따라 한다.
- 일을 잘하는 사람과 자신을 비교할 수 있는 일람표를 만들어 본다.
- 회의 내용이 지루하면 다른 사람들을 관찰한다.

③ 기호와 암호를 활용하라

메모할 때 반드시 '글자'만 쓰란 법은 없다. 자신이 보고 무슨 내용인지 알 수 있으면 된다. 중요한 것은 자신만의 메모 흐름을 만드는 것이다.

④ 중요 사항은 한눈에 띄게 하라

메모하는 방법에는 정답이 없다. 시간이 지난 후 다시 검토했을 때 중요한 부분이 한눈에 들어오는 것이 좋은 메모다.

- 중요한 사항에는 밑줄을 긋는다.
- 좀 더 중요한 사항은 동그라미로 표시한다.
- 삼색 볼펜을 사용해 내용과 중요도를 구분한다.
- 중요한 내용은 별도로 요약한다.

⑤ 메모하는 시간을 따로 마련하라

하루에 한 번이라도 수첩과 펜을 드는 습관이 생기면 특별히 노력하지 않아도 자연스럽게 메모하게 된다.

▤ 메모만을 목적으로 하는 시간을 갖는다.

▤ 일부러 커피숍을 찾거나 생각을 정리해 주는 여행을 떠난다.

▤ 적어도 일주일에 한 번, 한 시간이라도 혼자만의 시간을 갖고 생각나는 것을 메모한다.

⑥ 메모를 데이터베이스로 구축하라

메모는 어떤 형태로든 남겨두면 훗날 효력을 발휘한다. 데이터베이스를 만드는 가장 중요한 목적은 '정리한 후 잊어버리자!'이다.

▤ 메모는 어떤 형태로든 남겨둔다.

▤ 메모를 모아 책 한 권으로 만든다.

▤ 메모와 자료를 주제별로 문서 보관 상자에 넣어 데이터베이스화한다.

⑦ 메모를 재활용하라

▤ 예전의 메모를 다시 읽어보는 습관부터 기른다.

▤ 메모한 것들은 날짜별 혹은 주제별로 정리한다.

▤ 정리된 메모를 문서 보관 상자에 보관한다.

▤ 다시 읽을 때는 느낀 점이나 아이디어를 다른 색 펜으로 적어둔다.

-사카토 겐지(고은진 옮김), 『메모의 기술』 중

틀을 잘 짜야
알맹이가 있다

"

제 2 장

집을 짓기 전에 설계도를 짠 뒤 공사에 들어가듯 글을 쓸 때도 구상을 가다듬고 글의 전체 윤곽을 머릿속으로 그려 봐야 한다. 주제와 관련된 내용들을 어떻게 집어넣을지, 어떤 순서에 따라 내용을 배열할지 등을 미리 생각해 봐야 한다. 특히 글쓰기에 익숙하지 않은 사람은 구상을 가다듬은 뒤 개요를 작성해 보는 것이 많은 도움이 된다.

쓰는 목적과 대상, 그리고 주제를 정했다고 해서 글이 쉽게 나오는 것은 아니다. 집을 짓기 전에 설계도를 짠 뒤 공사에 들어가듯 글을 쓸 때도 구상을 가다듬고 글의 전체 윤곽을 머릿속으로 미리 그려 봐야 한다. 주제와 관련된 다양한 내용들을 어떻게 집어넣을지, 주제를 어떤 방식으로 풀어 보여 줄지, 어떤 순서에 따라 내용을 배열할지를 미리 생각해 보아야 한다.

　글쓰기에 익숙하지 않은 사람은 구상을 가다듬은 뒤 개요를 작성해 보는 것이 많은 도움이 된다. 특히 대입 논술이나 언론사 글쓰기 시험 등을 볼 때는 반드시 개요를 짠 뒤에 써야 체계적이고도 효과적으로 서술할 수 있다. 시간이 부족할 경우 키워드로 간략하게 개요를 짜본 뒤 그것을 보면서 서술해 나가면 실패할 확률을 줄일 수 있다. 일반적으로 글을 쓸 때는 자유롭게 지우고 새로 쓸 수 있으므로 이러한 것들을 머릿속으로 그려보는 정도로도 충분하다.

01 구상하기

글쓰기의 본격적인 시작은 구상에서 출발한다. 글에서 구상이란 어떤 재료를 어떤 순서로 써 나갈 것인가 생각하고 정리하는 것을 말한다. 전체적으로 구상이 신통치 않은 글은 문장이 뛰어나더라도 호소력이나 설득력이 약하게 마련이다. 완성도를 높이기 위해서는 주제에 맞도록 구상을 확실히 가다듬는 것이 중요하다. 구상을 정리하는 방법으로는 시간적 순서에 따른 것, 공간적 순서에 따른 것이 있다. 또 논리의 순서에 따른 것, 중요도나 흥미의 순서에 따른 것이 있다.

시간이나 경험의 순서대로

일반적인 글은 대부분 시간이나 경험의 순서대로 써 내려간다. 즉 일이 진행되는 순서에 따라 기술해 나간다. 사안의 중요도나 흥미의 정도 등에 관계없이 일이 일어난 순서에 따라 써나가는 것이다. 특히 기행문·르포·체험담·역사서 등은 사건이나 현상이 발생한 순서 또는 경험한 순서대로 써나가는 것이 쉽고 읽기도 편하다.

순서를 다소 바꿔도 큰 문제는 없다. 요즘은 흥미를 끌기 위해 중요한 순간을 먼저 내세우고 그 다음부터 시간적 순서대로 써나가는 경우도 많다. 이야기를 현재에서 시작해 과거로 거슬러 올라갔다 다시 현재로 되돌아올 수도 있다. 그러나 순서를 바꾸는 경우 혼란스러우므로 정교하게 작성하거나 이해하기 쉽게 서술해 나가야 한다.

> **일이 일어난 순서대로 서술해 나간 글**
>
> 46년 7월 5일 파리 모리토르 수영장에서 수영복 대회가 열렸는데 아무도 이 비키니 수영복의 모델이 되려고 하지 않았다. 레아드는 카바레 스트립 댄서인 미셸 베르나르디니를 간신히 설득, 이 수영복을 입혀 대회에 내보냈다. 모델이 손수건 절반만한 크기의 천으로 가슴과 아랫도리만 가리고 나오는 순간 1만 명의 관중은 넋을 잃고 말았다. 아무리 수영복이라지만 배꼽과 허벅지가 나온다는 것은 당시로선 상상할 수 없는 일이었다.
>
> 사진작가와 언론은 이 충격적인 모습을 담아 알리는 데 분주했다. 덕분에 비키니를 처음으로 입었던 모델은 이듬해 5만 통

에 이르는 팬레터를 받는 등 유명 인사가 됐다고 한다. 하지만 바티칸은 비키니를 부도덕하다고 비난했고, 소련은 '퇴폐적 자본주의의 또 다른 샘플'이라고 매도했다. 이탈리아와 스페인, 포르투갈은 아예 법으로 비키니 입는 것을 금지했다. 당시 비키니가 가져다 준 충격이 어떠했는지 짐작할 만하다. 비키니 수영복이 대중적인 인기를 얻는 데는 시간이 꽤 걸렸다. 50년대에 이르러서야 유럽에서 차츰 보급되기 시작했고, 곧 미국으로 건너가 본격적으로 유행하게 됐다.

-배상복, '법으로 금지한 비키니' 중

공간적 순서에 따라

상품 설명서의 경우 어디에 위치한 어떤 버튼이 어떠한 용도로 쓰이며 어떻게 작동해야 하는지 등을 순서대로 안내하는 것이 대부분의 내용이다. 이처럼 대상이 위치한 순서에 따라 글을 써 내려가는 예도 많다. 기록·관찰·사건보도 등이 이처럼 공간적 순서에 따라 서술해 나가는 유형의 글이다. 공간의 위아래 또는 전후좌우 순서에 맞추어 글을 연결하는 것이다.

먼 곳에서 가까운 곳으로, 가까운 곳에서 먼 곳으로, 왼쪽에서 오른쪽으로, 오른쪽에서 왼쪽으로 등 적당한 것을 골라 서술하면 된다. 또한 높은 곳에서 낮은 곳으로, 낮은 곳에서 높은 곳으로, 가운데에서 바깥으로, 바깥에서 가운데로 등 상황에 따라 적절하게 써 내려가면 된다.

> **공간적 순서에 따라 써 내려간 글**
>
> 고개 너머 남대리에는 남대천이라 불리는 개울이 하나 흐른다. 백두대간 상의 선달산(1,236m)에서 발원한 이 개울은 남한강의 최상류다. 남대리에서 남대천을 따라 3㎞쯤 가면 행정구역이 바뀌어 충북 단양군 영춘면 의풍리가 되며 의풍에서 노루목이라는 작은 고개를 하나 넘으면 행정구역이 또 달라져 강원도 영월군 하동면이다. 옛적에는 영월군 하동면과 단양군 영춘면에서도 마구령을 넘어 부석장에 오곤 했다. 장꾼이 많다 보니 남대리 쪽의 고개 초입에는 주막도 많았다.

논리의 순서에 따라

논리적인 토대에 맞추어 서술해 나가는 글도 많다. 학술적인 글이나 논설문 등이 대표적으로 논리의 순서에 따라 정리해 나가는 글이다. 상황 또는 현상을 분석하고 대책을 세우거나 어떠한 정책을 제안하는 글도 대체로 논리의 순서에 따라 정리하게 된다. 구체적으로는 문제해결의 순서대로 구상하는 방법과 논리학에서 사용되는 연역적·귀납적·변증법적 방식으로 풀어 나가는 방식이 있다.

문제해결의 순서대로 전개하는 방법으로는 '현상 → 결과' '결과 → 원인'의 순서로 쓰는 것이 대표적이다. 어떤 현상이나 사실에 대해 설명하고 그 결과로서 이러이러한 현상과 사실이 생겼다고 서술하는 것이다. 우선 현상을 서술하고 나서 그것이 어떠한 원인에 의해 발생했는지 설명하는 방법이다.

연역적 방법은 원칙이나 원리를 먼저 설명하고 구체적 사실을 이끌어 내는 것이다. 귀납적 방법은 구체적 사실이나 현상을 소개하고 공통되는 성질이나 특징, 법칙을 설명해 나가는 것이다. 변증법적 방법은 먼저 어떤 생각을 내세운 다음 그것에 반대되는 생각을 제시하고, 둘을 종합한 제3의 결론을 내리는 방식이다. 이러한 것들은 어디까지나 글의 구상과 전체적인 흐름과 관계된 것이다. 머릿속으로 자연스럽게 그려지는 사항이므로 지나치게 형식적으로 접근할 필요는 없다.

문제해결의 순서대로
문제해결식 유형의 가장 흔한 형태는 '현상 → 원인 → 해결책' 순으로 써나가는 것이다. 우선 현상을 서술한 뒤 그것이 어떠한 원인에 의해 발생했는지 설명하고 그에 대한 해결책을 제시하는 방식이다. 문제에 관한 현상이나 사실을 설명하고, 그 원인을 찾아 진단한 다음 그에 따른 해결책을 제시해 나가면 된다. 문제 해결식의 핵심은 해결책을 제시하는 것이다. 합당한 해결책을 제시한다면 그것만으로도 좋은 글이 될 수 있다. 해결책이 별 볼일 없다면 쓰나 마나다.

미국의 철학자이자 교육학자인 존 듀이 등이 주장하는 문제 해결법을 따르는 5단계 정리법도 있다. 다음 순서대로 써나가는 것이다.

문제해결법에 따른 5단계 정리법

① 우선 어떤 문제인가를 결정한다.
② 그것에 대해 어떻게 생각해야 할지를 정한다.
③ 실제 자료를 수집해 그런지를 조사한다.
④ 그 문제를 해결하는 데 필요한 방책을 제안한다.
⑤ 도출된 결과에 대해 다시 조사해 본다.

-존 듀이

연역적 방법

'동물은 죽는다'와 같은 보편적 법칙이나 일반적 원리를 전제로 해 개별적인 사실에 대한 결론을 이끌어 내는 방법을 말한다. 즉 이미 알고 있는 일반적 진술(명제)에서 새롭고 필연적인 구체적 사실을 이끌어 내는 방식이다.

먼저 원칙이나 원리, 혹은 기본이 되는 생각·규칙을 설명하고 그다음에 증명되는 구체적인 사실·현상을 제시해 나간다. 말하고자 하는 무게가 대체로 뒤쪽에 있다. 가장 전형적인 것이 삼단논법이다.

동물은 죽는다. (대전제)

사람도 동물이다. (소전제)

⋯› 결국 사람도 죽는다. (결론)

나쁜 사람은 벌을 받는다.

놀부는 나쁜 사람이다.

⋯› 놀부도 벌을 받을 것이다.

사람마다 취미가 다르다.

나는 운동을 좋아한다.

영희는 등산을 좋아한다.

⋯ 철수는 다른 것을 좋아할 것이다.

귀납적 방법

여러 개의 사례를 먼저 들고 그로부터 일반적 명제를 이끌어
내는 것이다. 즉 특수하거나 개별적이고 구체적인 사실을 바탕으
로 일반적 법칙을 도출해 내는 방식이다. 우선 구체적인 사실이나
현상을 소개하고 다음으로 그런 것들에 공통되는 성질·특징·법
칙을 설명한다.

일반적으로 글을 쓸 때엔 근거를 먼저 제시하고 나중에 자신
의 입장을 종합 정리하면서 결론을 이끌어 내는 방법이다. 개별
적 사실의 공통점을 결론으로 삼으므로 말하고자 하는 무게가
뒤쪽에 실린다. 간단히 말해 사례 들기라고 이해하면 된다. 한정
된 지면에 많은 예를 들기 어려운 경우 가장 대표적인 것을 제시
하면 된다.

공자도 죽었다. (논거1)

예수와 석가도 죽었다. (논거2)

⋯ 모든 사람은 죽는다. (결론)

나는 운동을 좋아한다.

철수는 등산을 좋아한다.

⋯ 사람마다 취미가 다르다.

영희네 아빠는 키가 크다.

영희네 엄마도 키가 크다.

영희도 키가 크다.

⋯ 영희네 가족은 키다리 가족이다.

변증법적 방법

먼저 어떤 생각을 내세운 다음 그것에 반대되는 생각을 제시하고, 둘을 종합한 제3의 결론을 내리는 방법이다. 주장 중에는 이것 아니면 저것이라는 식의 흑백 논리가 적용될 수 없는 경우가 있다.

어떤 문제에 대해 서로 대립되는 두 개의 상반된 견해가 존재해 어느 한 쪽만 옳다고 말할 수 없을 때는 양 측면을 동시에 고려하는 종합적 사고를 해야 한다. '정(正) → 반(反) → 합(合)'이 논리의 기본 모형이다.

(정) 문제에 대한 일정한 관점 옹호
- 북한을 개혁·개방으로 이끌어내고 통일에 대비하기 위해서는 지원이 반드시 필요하다.

(반) 정의 주장과 반대되는 논리를 도입
- 북한을 지원해 봐야 현 체제만 유지시키고 변화가 없으므로 지원하지 말아야 한다.

(합) 정과 반의 모순을 극복
- 북한을 지원하되 원하는 효과를 거두기 위해서는 물자가 필요한 곳에 정확하게 전달되는지 확인하고, 반대급부를 확실하게 요구해 관철해야 한다.

중요도나 흥미도 순에 따라

SNS에 올리는 글 등 일상적인 글이라면 중요도나 흥미도 순으로 정리하는 것이 좋다. 처음부터 읽는 사람의 관심을 끌 수 있기 때문이다. 이러한 구조의 글을 역삼각형이라고 한다. 신문기사나 제안서·보고서 등도 중요도가 높은 것에서부터 낮은 것으로 서술해 나가는 역삼각형 구조를 지닌다. 반대로 중요도가 낮은 것부터 높은 것으로 써나가는 것은 삼각형이라고 한다. 일반적으로 실용성이나 사회성이 높은 글은 중요도 순으로 써나가는 것이 유용하다.

이와 달리 독자를 서서히 끌어들이고 싶을 경우에는 중요도가 낮거나 흥미도가 적은 것부터 써나가는 것이 바람직하다. 분위기를 서서히 고조시켜 갈 수 있기 때문이다. 점층적으로 써 내려오다 절정(클라이맥스)을 제일 나중에 배치하는 것이다. 어느 정도 긴 이야기나 읽을거리는 대개 이 방법을 따른다.

다만 요즘은 독자를 끌어들이기 위해 맨 앞에 흥미를 끌 만한 내용을 먼저 쓰고 시작하는 방법이 많이 사용된다. 독자를 빨리 끌어들이거나 강하게 어필하는 데 유리하기 때문이다. 또한 바쁜 독자가 글의 앞부분만 읽어도 전체 내용을 짐작할 수 있게끔 중요한 내용을 먼저 적고 써 내려가는 방식도 널리 쓰이고 있다.

중요도에 따라 써 내려간 글

직업을 선택할 때 우선적으로 고려해야 할 사항은 선택하고자 하는 직업과 자기 적성이 일치하는가다. 자신의 적성에 맞는 직업에 종사할 때만이 만족감과 행복감을 느끼게 되며 자아실현에 더욱 다가설 수 있다. 적성에 맞지 않는 직업을 선택할 경

글쓰기 정석

우 도중에 그만두기 십상이다.

직업 선택의 또 하나 중요한 요소는 장래성이다. 현대사회처럼 변화 속도가 빠른 사회에서는 직업의 장래성, 즉 그 직업의 장기적 전망을 살펴봐야 한다. 자신이 오래 몸담을 수 있는 직업이나 평생 직업을 선택해야 한다.

직업 선택에서 직장의 안정성도 빼놓을 수 없다. 직장의 전망이 불투명한 상태에서 일시적인 방편으로 직업을 선택하기보다 평생 안정된 직장생활을 할 수 있는 직업을 선택하는 것이 중요하다.

02 내용별로 단락을 구분하라

    기업체나 학교에 강의를 나갈 때 저자가 특히 강조는 것이 단락 구성이다. 단락 구성은 글의 최소 요건이므로 단락이 제대로 구성돼 있지 않으면 글로서의 가치를 지니기 어렵기 때문이다. 아무리 좋은 내용을 담고 있다 하더라도 단락이 제대로 구성돼 있지 않으면 글의 체계가 서지 않는다. 읽어봐도 무슨 내용인지 잘 와닿지 않는다. 경험에 따르면 단락을 제대로 구성하지 못하는 사람은 글쓰기 실력도 쉬 늘지 않는다.

    단락이란 하나 이상의 문장이 모여 하나의 중심 생각을 나타내는 글의 단위, 즉 문단을 말한다. 글쓰기 훈련이 부족한 사람은 단락을 제대로 구성하기가 쉽지 않다. 무리하게 전체를 하나의 단락으로 처리하거나 지나치게 여러 개의 단락으로 나누는 경우가 허다하다. 하나의 단락에 여러 가지 내용이 섞여 있으면 전달하고자 하는 내용의 논점이 흐트러지기 쉽다. 또한 단락이 지나치게 길어지면 읽는 사람을 지루하게 만든다.

    주제를 세분화함으로써 나타나는 소주제에 따라 단락을 구분하는 것이 바람직하다. '소주제문+뒷받침 문장'이 하나의 단락이 된다. 소주제가 두 개라면 본문은 두 개의 단락이 된다. 그러나 원칙적으로 이렇게 처리하는 것이 좋다는 얘기이지 반드시 그렇게 해야 한다는 말은 아니다. 단락을 하나하나 구성할 때는 각 단락의 중심 내용이나 소주제를 뒷받침할 수 있는 합당한 근거를 제시해야 한다.

단락을 구성해 나갈 때는 각 단락이 자연스럽게 연결될 수 있도록 논리적인 선후 관계에 따라 단락들을 배열하고 꼭 필요한 경우에는 적절한 연결어를 넣어 주어야 한다. 내용이나 논리의 흐름상 앞 단락과 뒤 단락이 꼬리에 꼬리를 물고 긴밀하게 이어져야 한다. 가능하면 접속어(연결어) 없이 각 단락이 물처럼 흘러가게 구성할 수 있으면 좋지만 쉬운 일은 아니다.

1000자 정도의 글이라면 서론(도입), 본론(전개), 결론(정리)을 각각 한 개, 두 개, 한 개의 단락으로 처리하는 것이 적당하다. 각 단락은 길이를 비슷하게 유지해야 한다. 단락의 길이가 비슷해야 균형감이 살아나고 보기에도 좋다. 하나의 단락이 다른 단락에 비해 지나치게 길어질 경우 같은 내용이라 하더라도 두 개의 단락으로 처리해도 된다. 내용별로 이루어진 단락은 '내용단락'이라 하고 지나치게 길어 억지로 나누어 놓은 단락은 '형식단락'이라 부른다.

단락(문단)의 구조

단락 = 소주제문 + 뒷받침 문장 + 뒷받침 문장

인터넷은 편리성과 유용성에도 불구하고 폐해 또한 적지 않다.〈소주제문〉 익명성에 의지해 상대를 무차별적으로 공격하는 경우가 있으며,〈뒷받침 문장1〉 인터넷이 사기 등 범죄에 이용되기도 한다.〈뒷받침 문장2〉 또한 인터넷상에서 언어 파괴가 심각하게 일어나고 있으며, 그것이 현실 언어에도 영향을 미치고 있다.〈뒷받침 문장3〉 청소년이 인터넷에서 불건전한 정보에 쉽게 노출됨으로써 정신의 황폐화를 겪기도 한다.〈뒷받침 문장4〉

단락 쓰기의 유의점

문단은 하나의 중심 생각만 내포해야 한다

한 문단에는 한 가지 중심 생각만 담아야 한다. '중심 생각'이란 여러 가지 생각 가운데 하나만을 선택해 그 생각을 좀 더 제한한 것이다. 예를 들어 텔레비전의 부정적 영향에 대해 쓴다면 수동적 태도 조장과 사고의 획일화, 가정의 대화 단절, 과소비 조장, 선정성·폭력 등으로 청소년에게 유해 등이 각각 하나의 문단으로 처리돼야 한다.

문단은 독립성과 통일성을 나타내야 한다

문단은 하나의 기본적 목표를 내포하면서 그 자체로 독립성을 띠어야 한다. 비록 문단이 전체 글의 부분이고 전체 글의 작은 단위라 하더라도 모든 문단은 그 자체로 독립성을 나타낸다. 개별 문단은 다른 문단과 결합해 글 전체를 형성하고 있지만 문단은 그 자체가 하나의 독립성을 띠는 단위인 것이다. 이 각각의 문단은 다시 통일성을 띠면서 전체를 이룬다.

문단은 연결성과 유연성을 가져야 한다

각 단락은 연결성과 유연성을 가지고 서로 밀접하게 연결돼야한다. 연결성이란 문단 속의 부분들이 논리적으로 연결돼야 함을 뜻한다. 유연성이란 문단 속의 부분들이 부드럽게 연결돼야 함을 의미한다. 연결성과 유연성은 상호 의존적인 관계를 가지고 있다.

강한 인상을 주려면
두괄식으로

글을 구성할 때 핵심 주장을 앞에 놓고 그다음에 근거를 제시하느냐, 근거를 제시한 뒤 핵심 주장이나 생각을 나중에 밝히느냐에 따라 두괄식·미괄식으로 나뉜다. 두괄식과 미괄식을 합치면 양괄식이 된다. 셋 가운데 어느 것을 선택해도 크게 관계는 없으나 실용문에서는 두괄식이 좋다.

여러 문단으로 구성된 글에서는 첫째 문단에서 핵심적인 주장을 하면 두괄식이 되고, 마지막 문단에서 핵심적인 주장을 하면 미괄식이 된다. 글 전체에서뿐 아니라 문단 내에서도 두괄식과 미괄식, 양괄식이 있다. 즉 한 문단에서 중심 내용을 어디에 두느냐에 따라 두괄식 문단과 미괄식 문단으로 구분할 수 있다.

읽는 사람에게 핵심 주장을 분명하게 드러내고 짜임새 있게 보이기 위해서는 미괄식보다 두괄식 형태로 구성하는 것이 낫다. 글 전체로는 첫 문단에서 글의 핵심이나 얘기하고자 하는 바를 언급하고 뒤에서 설명해 나가는 것이 두괄식이다. 한 문단 안에서는 중요한 사항을 문단의 맨 앞에 두고 그것을 설명하는 것이 두괄식이다.

일반적인 글에서는 두괄식이 가장 많이 사용되는 단락의 유형이다. 중요한 것 또는 중심 생각을 먼저 제시한 다음 단락을 펼쳐 나가기 때문에 단락의 초점이 뚜렷해지는 장점이 있다. 따라서 단락의 내용이 엉뚱한 방향으로 빗나가 산만해질 우려가 적고 독자 또한 이를 분명하게 이해할 수 있다.

특히 글을 쓰는 데 익숙하지 않은 사람은 두괄식으로 문단을 구성하는 것이 무난하다. 쓰기 쉬울 뿐 아니라 읽는 사람에게도 강하게 와 닿기 때문이다. 각 문단의 첫 부분에서 자신의 주장이나 생각을 중심 문장으로 드러내고 그다음에 이를 부연 설명하는 근거를 뒷받침 문장으로 제시하면 된다.

기획서나 보고서 등도 핵심 내용을 앞에 내세우는 두괄식이 좋다. 결론을 미리 알리거나 강하게 어필할 필요가 있기 때문이다. 그러나 두괄식은 결론을 미리 알고 글을 읽게 되기 때문에 글의 내용이 단조롭게 느껴질 우려도 있다. 따라서 두괄식을 사용할 때는 앞 부분의 서술이 흥미 있는 내용이 되도록 신경 써야 한다.

두괄식(頭括式)

글을 구성할 때 핵심적인 주장이나 생각을 먼저 쓰고, 그다음에 근거를 제시하는 방식. 글 전체를 놓고 볼 때는 첫째 문단에서 핵심적인 주장을 하는 것이며, 한 문단에서는 첫 문장에 핵심적인 주장을 하는 것이 두괄식이다.

두괄식＝중심 문장＋뒷받침 문장1＋뒷받침 문장2＋⋯⋯

마케팅 활동을 과거와 전혀 다른 모습으로 바꾸어야 한다. 불과 10여 년 전만 해도 텔레비전과 신문이 거의 지배적인 매체였지만 이제는 그렇지 않다. 인터넷의 전파력은 텔레비전과 신문을 합친 것보다 빠르다. IMT2000이 실현되면 인터넷을 휴대전화나 PDA를 통해 이용할 수 있게 되는데, 이는 곧 매체를 몸에 지니고 다니게 된다는 것을 의미한다. 매체의 변화로 마케팅 타깃과 커뮤니케이션 타깃이 일치하는 시대다.

04 흥미를 지속하려면 미괄식으로

먼저 근거를 제시한 뒤 핵심적인 주장이나 생각을 뒤에서 밝히는 방식이 미괄식이다. 앞에서 충분한 논의를 거친 후 뒤에서 요약·정리하는 형태를 띤다. 글 전체로는 마지막 문단에서 핵심적인 주장을 하는 것이다. 한 문단에서는 마지막 문장에서 핵심적인 주장을 내놓는 것이 미괄식이다.

미괄식에서 중심 문장은 그 앞부분의 내용을 집약하는 구실을 한다. 구체적 사실을 먼저 나열한 뒤 나중에 주장하는 바를 내세우기 때문에 단락 끝부분에 나오는 중심 문장의 첫머리에는 '따라서' '그러므로' '결국' '한마디로' '이처럼' 등의 접속어가 오는 경우가 많다.

미괄식은 무엇보다 독자의 흥미를 지속적으로 유지할 수 있는 장점이 있다. 하고 싶은 말을 아끼면서 차분히 써 내려가기 때문에 무엇을 말하려 하는지에 대한 독자의 궁금증을 유발할 수 있다. 또한 끝에 가서 결론을 극적으로 내놓음으로써 독자의 흥미를 지속적으로 붙잡아둘 수 있다.

미괄식은 두괄식의 장점과 단점을 맞바꾼 것이다. 중요 사항을 먼저 내세우는 두괄식과 달리 미괄식은 앞부분에서 글의 초점이 뚜렷하지 않아 산만해지거나 엉뚱한 방향으로 흐를 우려가 있으므로 초점을 분명하게 유지하도록 신경 써야 한다. 중심 문장이나 마지막 단락의 내용을 미리 결정해 두고 그에 맞춰 써 내려가는 것이 요령이다.

미괄식(尾括式)

먼저 근거를 제시한 후에 핵심적인 주장이나 생각을 뒤에서 밝히는 방식. 글 전체로는 마지막 문단에서 핵심적인 주장을 하는 것이며, 한 문단에서는 마지막 문장에 핵심적인 주장을 하는 것이다.

미괄식 = 뒷받침 문장1 + 뒷받침 문장2 + …… + 중심 문장

> 불과 10여 년 전만 해도 텔레비전과 신문이 거의 지배적인 매체였지만 이제는 그렇지 않다. 인터넷의 전파력은 텔레비전과 신문을 합친 것보다 빠르다. IMT2000이 실현되면 인터넷을 휴대전화나 PDA를 통해 이용할 수 있게 되는데, 이는 곧 매체를

몸에 지니고 다니게 된다는 것을 의미한다. 매체의 변화로 마케팅 타깃과 커뮤니케이션 타깃이 일치하는 시대다. 따라서 마케팅 활동을 과거와 전혀 다른 모습으로 바꾸어야 한다.

05 주장을 강조하려면 양괄식으로

두괄식과 미괄식을 혼합한 형식이 양괄식이다. 즉 글의 앞부분과 뒷부분에서 반복해 자신의 핵심 주장이나 생각을 밝히는 방식이 양괄식이다. 글 전체로는 첫 단락과 마지막 단락에 핵심 주장이 나오는 것이다. 단락으로 치면 문단의 앞부분과 끝부분에 핵심 주장이 나타나는 것이 양괄식이다.

단락을 예로 들면 앞과 뒤에 중심 문장이 반복해 나오고 그 사이에 뒷받침 문장이 위치하는 형태를 띤다. 양괄식은 주장을 강조하기 위해 주로 사용된다. 즉 중심 문장을 뚜렷이 강조해 독자에게 분명하게 인식시키기 위해 주로 쓰인다.

단락의 첫 부분에 중심 문장을 제시했지만 이어지는 뒷받침 문장이 지나치게 길어지는 경우에도 양괄식이 유용하다. 뒷받침 문장이 계속되다 보면 앞의 중심 문장으로부터 독자의 관심이 멀어지기 쉬우므로 끝에 가서 한 번 더 그것을 상기시키는 것이다.

그 단락의 중심 문장이 글 전체의 주제를 이해하는 데 중요한 구실을 하고 있을 때도 양괄식이 유용하다. 중심 문장의 반복을 통해 그 내용을 독자에게 명확하게 인식시킬 수 있기 때문이다. 그 단락의 중심 문장이 다음 단락의 내용과 밀접한 연관성을 지니고 있을 때도 연결성을 위해 중심 문장을 반복해 주는 것이 좋다.

양괄식은 지루함을 유발할 수 있다는 단점이 있다. 앞에 나온 내용이 뒤에서 다시 반복되기 때문이다. 따라서 끝부분의 중심 문장은 앞부분의 중심 문장과 표현이 똑같지 않도록 주의해야 한다. 표현 방법을 조금 달리하거나 의미가 크게 차이 나지 않는 선에서 내용을 조금 발전시키는 것이 바람직하다.

양괄식(兩括式)

글의 앞부분과 뒷부분에 반복해서 자신의 주장이나 생각을 밝히는 방식. 두괄식과 미괄식을 혼합한 형식이다.

양괄식＝중심 문장＋뒷받침 문장1＋뒷받침 문장2＋……＋중심 문장

> 마케팅 활동을 과거와 전혀 다른 모습으로 바꾸어야 한다. 불과 10여 년 전만 해도 텔레비전과 신문이 거의 지배적인 매체였지만 이제는 그렇지 않다. 인터넷의 전파력은 텔레비전과 신문을 합친 것보다 빠르다. IMT2000이 실현되면 인터넷을 휴대전

화나 PDA를 통해 이용할 수 있게 되는데, 이는 곧 매체를 몸에 지니고 다니게 된다는 것을 의미한다. 매체의 변화로 마케팅 타깃과 커뮤니케이션 타깃이 일치하는 시대다. 따라서 마케팅 활동도 이러한 변화에 맞게 적절히 모습을 바꾸어야 한다.

06 실용문은 삼단 구성이 무난하다

글을 구성하는 방법으로는 기승전결(起承轉結)의 사단 구성과 '서론·본론·결론'의 삼단 구성이 있다. 기승전결은 시작(詩作), 특히 한시(漢詩)의 절구체(絶句體)에 사용되는 구성법이다. 서론·설명·증명·결론과 같은 4단계 구분도 기승전결의 전용이다. 사단 구성은 소설이나 희곡에서 줄거리나 구성을 고안하는 데 주로 사용된다.

우리가 일반적으로 작성하는 글에서는 삼단 구성이 주로 쓰인다. 가장 쉽고 무난하기 때문이다. 일상적으로 쓰는 실용문은 대개 짧기 때문에 복잡하고 긴장감이 떨어지는 기승전결 방식보다 '서론·본론·결론' 또는 '도입·전개·정리'의 삼단 구성으로 간결하게 마무리하는 것이 좋다.

삼단구성법은 논리적 배열에 가장 적합한 형식이고 짜임새가 있어 보인다는 장점이 있다. 하지만 결론 또는 중요한 사항이 제일 뒤에 나타난다는 단점이 있다. 이러한 단점을 보완하기 위해서는 제목이나 부제목을 잘 달면 된다. 제목에 결론의 내용을 최대한 포함시켜 글의 주요 내용을 짐작할 수 있게 하면 삼단 구성의 단점을 충분히 극복할 수 있다.

서론은 인상적으로

서론은 사람으로 치면 얼굴에 해당한다. 따라서 서론에서 전개될 내용을 알려 주고 관심을 끌면서 계속 읽어 내려가고 싶은 마음이 생기도록 만들어야 한다. 또한 서론은 문제를 제기하는 기능을 하므로 문제점을 찾아 그에 적극적으로 대처하려는 태도, 즉 문제의식이 분명하게 나타나 있어야 한다. 주의해야 할 점은 서론이 길면 시작부터 지루해지고 짜증이 나므로 간결하게 작성해야 한다는 것이다.

본론은 근거를 풍부하게

본론은 서론에서 제시한 글의 방향에 맞추어 과제나 주제에 대한 자신의 의견이나 주장을 본격적으로 밝히는 곳이다. 문제의 해결책 등 결론을 염두에 두고 서론에서 제기한 문제에 대해 적절한 근거로 자기 생각을 뒷받침하면서 본론을 작성해 나가야 한다. 서론에서 제시한 문제에 대해 충분한 근거를 제시하는 것이 중요하다. 서론은 거창하고 그럴듯한데 본론은 속 빈 강정이 되지 않도록 해야 한다.

결론은 해결책을 제시하라

결론은 서론과 본론에서 서술했던 내용을 전체적으로 마무리하는 부분이다. 서론과 본론을 잘 써 내려왔다고 할지라도 결론을 제대로 적지 못하면 지금까지의 과정이 헛수고가 된다. 결론에서는 본론의 핵심을 요약·정리하면서 자기주장이 명백하게 드러나도록 해야 한다. 본론을 통해 결국 무엇을 말하고자 했는지를 압축적으로 밝히고, 자기 주장이 갖는 의미나 효과를 보여 주면서 글 전체 내용을 종합하고 마무리해야 한다.

사단 구성

① 기(起) 하나의 사실·목적을 제시한 뒤 글을 시작한다.
  • 춘향이와 이도령이 만나 사랑을 나누게 된다.
② 승(承) '기'를 받아 이야기를 펼쳐 나간다.
  • 변학도의 수청을 거절하다 춘향이가 옥에 갇힌다.
③ 전(轉) 다른 분야로 이야기를 돌려 더욱 발전시킨다.
  • 이도령이 암행어사가 돼 변학도 일당을 일망타진한다.

---

④ 결(結) 그래서 이렇게 된다는 결론을 제시한다.

- 이후 춘향이와 이도령은 행복하게 살았다.

삼단 구성

① 서론(도입) 관심을 환기하면서 다루려는 문제점 등을 제시한다.

② 본론(전개) 서론에서 제시한 것에 대해 자세히 서술해 나간다.

③ 결론(정리) 본론에서 제시한 판단이나 해결법, 추천·장려한 사항 등을 정리한다.

삼단 구성 보고서

① 서론 선택한 주제를 조사 정리하는 과정에서 특히 중점을 두고 정리한 부분이 무엇인지 밝힌다.

② 본론 조사한 내용을 본인이 정한 중점 정리 기준에 맞추어 나름대로 정리한다.

③ 결론 조사한 내용에 대해 평가하고 느낀 점을 적는다.

공감을
느끼게끔 써라

"

제 3 장

서술 단계에서는 무엇보다 상대가 공감할 수 있도록 쓰는 것이 중요하다. 글을 쓰는 목적이 자신의 생각이나 정보, 지식 등을 읽는 사람에게 전달해 상대가 공감하도록 하는 것이기 때문이다. 비록 별 내용이 없더라도 상대가 공감하게 하기 위해서는 남의 일이 아니라고 느끼게 하는 등 몇 가지 기술이 필요하다.

주제를 정하고 구상을 끝냈다면 이제 본격적으로 서술해 나갈 차례다. 서술 단계에서는 무엇보다 상대가 공감할 수 있도록 쓰는 것이 중요하다. 글을 쓰는 목적이 자신의 생각이나 정보, 지식 등을 읽는 사람에게 전달해 상대가 공감하도록 하는 것이기 때문이다. 따라서 읽는 사람이 남의 일이 아니라고 느끼게 하는 등 상대가 공감하게끔 써 내려가는 노력이 필요하다. 설사 대단한 내용이 아니더라도 상대가 고개를 끄덕이게 만들어야 한다. 비록 별 내용이 없더라도 상대가 공감하게 하기 위해서는 몇 가지 기술이 필요하다.

01 남의 일이 아니라는
생각을 갖게 하라

사람은 본디 내 일이 아니라 생각되면 관심을 갖지 않는다. 남의 일에는 그저 구경의 시선을 보낼 뿐이다. 내 일이 아니라 관심이 없다면 공감도 일어날 리 없다. 따라서 공감을 일으킬 수 있는 첫째 요소는 남의 일이 아니라 바로 나의 일이라는 것을 보여 주는 것이다.

나와 밀접한 관계가 있거나 나에게도 일어날 수 있는 일이라는 것을 보여 줘야 내 일처럼 관심을 갖게 된다. 그러므로 누구에게나 일상적으로 일어날 수 있는 상황이나 사건을 구체적으로 설명하면서 보여 주면 공감을 얻기 쉽다.

다음 글은 취업난과 관련한 내용이다. 대학생은 물론 그 가족이나 사회 구성원 모두가 남의 일이 아니라는 생각을 가질 수 있도록 구체적이고도 생생하게 서술해 놓았다. 이태백에서 청백전에 이르기까지 취업이 점점 어려워지면서 끝없이 생겨나는 용어를 보면서 모두가 취업난에 공감하게끔 이야기를 이끌어 나가고 있다.

이태백(20대 태반이 백수), 삼일절(31세면 취업 길이 막혀 절망한다), 화백(화려한 백수), 대5(졸업하지 않고 학교에 머무는 대학 5년생), 낙바생(낙타가 바늘구멍을 통과하듯 취업이 어려운 졸업예정자), 강의노마드족(영어·취업강좌 등을 찾아 헤매는 학생), 토페인(토익페인), 캠퍼스 더블 라이프족(학업과 창업을 동시에 하는 학생), 청백전(청년백수 전성시대)……. 젊은이들에겐 남의 얘기가 아니다.

최악의 취업난이 이어지면서 신조어가 끝없이 만들어지고 있다. '이태백'은 이제 옛말이고 요즘은 '이구백'이 유행하고 있다. 20대의 90%가 백수라는 얘기다. 십오야(15세만 되면 앞이 캄캄해진다)에 이어 '십장생'이란 말도 유행하고 있다. 10대를 향한 20대의 경고로 '10대들도 장차 백수를 생각해야 한다'는 것이다. ……

공통적인 체험에
호소하라

우리나라 사람 모두가 교통 전문가이고 교육 전문가라고 한다. 그만큼 매일 겪는 문제이기 때문에 너나없이 많은 관심을 갖는 사안이다. 매일 출퇴근하고 여행하다 보면 도로 사정 등 교통과 관련한 사항에 대해서는 누구나 관심을 가질 수밖에 없고 그러다 보면 어느 정도 전문가처럼 식견을 보인다는 것이다. 교육도 마찬가지다. 자녀 교육을 시키면서 많은 비용을 들이고 또 많은 노력을 기울이기 때문에 웬만한 전문가 뺨칠 정도로 지식을 가지고 있다. 집 장만과 관련한 것도 마찬가지다.

따라서 이러한 문제는 누구나 관심을 갖는 공통적 사안이기 때문에 이런 것에 대한 이야기라면 호소력이 있고 더불어 공감을 끌어내기가 쉽다. 다음은 영유아기 교육과 관련한 글이다. 특히 영유아기 때는 부모들의 관심이 지대하기 때문에 이러한 시기의 교육과 관련한 내용이라면 부모들이 관심을 갖는 사안이라 공감을 이끌어 내기 쉽다.

부모는 누구나 '내 아이를 잘 키우고 싶다'는 마음을 가지고 있다. 자신의 분신과도 같은 자녀를 누구보다 훌륭하게 키우고자 하는 것은 지극히 당연한 인지상정이다. 그러나 막상 '잘 키우는 것'이 어떤 것인지는 말하기가 쉽지 않다. 영아나 유아 때는 대개 몸과 마음이 건강하게 크는 것을 최고로 여긴다. 그러다 아동기로 접어들면서 부모들은 아이들의 언어나 행동이 좀 더 명민하기를 바라며 은연중에 남과 비교하기도 한다.

능숙한 수사법을
동원하라

상대를 잘 설득하는 사람이 있다. 그런 사람은 필연적으로 능숙한 수사법을 사용하게 마련이다. 남들처럼 있는 그대로 평이하게 이야기한다면 그만의 특출한 능력이 나올 수가 없다. 즉 밋밋하게 얘기해서는 상대를 설득하기 어렵다. 상대를 설득하려면 무엇보다 수사법을 잘 사용해야 한다. 적절하게 비유를 하면서 상대에게 이야기한다면 상대를 설득하기가 훨씬 쉬워진다.

예들 들어 '차갑다' '뜨겁다'는 직접적이고 단순한 표현보다 '얼음장과 같다' '열기가 후끈 달아올랐다'는 식으로 비유하면 훨씬 더 쉽게 공감을 얻을 수 있다. 다음은 경제가 어렵다는 사실을 서술하면서 적절하게 비유법을 사용함으로써 설득력을 높이고 있다. 단순히 경제가 어렵다고 서술하는 것보다 '얼음장과 같다' '한겨울 날씨처럼 영하권 밑으로 떨어져 있다' 등의 비유적인 표현이 호소력을 높이고 있다.

코로나 바이러스 사태가 장기화됨에 따라 경제가 얼음장과 같다. 경제 체력은 갈수록 떨어지고 국내외 경제 예측 기관의 경제 전망은 한결같이 비관적이다. 자영업자·소비자 등 경제 주체들의 체감지수는 더 차갑다. 한겨울 날씨처럼 영하권 밑으로 떨어져 있다. 국제통화기금(IMF) 사태 때보다 더 어렵다고 믿는 사람이 적지 않다.

04 여운을
남겨라

영화에서 여운을 남기는 방법으로 많이 사용하는 것이 결말 부분을 명확하게 끝내지 않고 상상하거나 추리할 수 있게 여지를 남기는 것이다. 말할 때도 있는 것을 모두 얘기하지 않고 어느 정도 이야기한 뒤 나머지는 상대의 생각에 맡기는 것이 호소력 있는 방법이 될 수 있다. 어떻게 해야 한다고 말해 주어도 되지만 그렇게 하지 않고 끝맺음으로써 상대가 자연스럽게 그것을 생각해 낼 수 있도록 하는 것이다. 글을 쓸 때 역시 쓰고 싶은 것을 모조리 쓰지 말고 어느 정도 여운을 남겨 읽는 사람의 상상력에 호소하면 공감을 얻을 수 있다.

하고 싶은 말을 다 털어놓지 말고 독자에게 물음을 던져도 된다. 아래 글은 저자가 '된장녀라고 부르지 마라'는 제목으로 쓴 글의 일부분이다. 한창 '된장녀' 논쟁이 일었을 때 작성한 글이다. 마지막 줄에서 '된장녀라 부르면 안 된다'고 언급하는 것보다 계속 그렇게 부를 것이냐고 의문을 던짐으로써 독자가 자연스럽게 공감하도록 만든 것이다.

'된장녀'만 있는 것이 아니다. '고추장남'이란 말도 생겼다. 경제적 능력이 없고 자기 관리를 제대로 하지 못하는 남성을 일컫는다. '된장녀'와 달리 유행이 지난 가방을 들고 다니고 돈이 아까워 싸구려 식당만 찾아다니는 남자를 뜻한다. 또 하나의 고유 음식인 고추장까지 비하하는 말로 이어진 셈이다. 그뿐이 아니다. '된장녀'와 '고추장남'이 만나면 '쌈장(남녀)'이 된다고도 한다. 자연스럽게 이어지는 말인 듯하지만 우리 전통음식인 장류를 깡그리 비하하는 결과를 낳았다.

'똥녀'와 '된장녀'는 다르다. '똥녀'는 그 자체로 의미를 지닌 말이지만 '된장녀'는 '된장'에 좋지 않은 이미지를 부여한 것이다. 사치와 허영에 가득 찬 여성을 지칭한다면 '사치녀'나 '허영녀'라 해도 될 것을 하필이면 고유 음식인 된장에 스스로 좋지 않은 이미지를 부여하고 불특정 다수를 비하하는 말로 사용하는 것은 안타까운 일이다. 극소수 일본인이나 서양인이 한국인을 비하할 때 곧잘 쓰는 말이 '된장'이다. 그래도 계속 '된장녀'라 부를 것인가?

유머러스하게
얘기하라

재미있게 얘기하는 것 이상으로 상대의 관심을 끄는 게 없을 것이다. 같은 주제나 소재라도 어떻게 얘기하느냐에 따라 관심도와 공감도가 달라질 수 있다. 강의를 듣는 경우를 생각해보면 된다. 똑같은 내용이더라도 강사가 재미있게 얘기한다면 훨씬 더 관심을 갖게 되고 공감하게 된다. 아무리 좋은 내용이라 하더라도 재미없이 이야기하면서 지루함을 준다면 관심과 공감을 끌어 내기 어렵다.

글도 마찬가지다. 읽는 사람의 공감을 얻으려면 무엇보다 재미가 있어야 한다. 재미있게 이야기를 풀어 나가야 독자가 흥미를 가지고 끝까지 읽어 내려갈 수 있으며 공감하기도 쉽다. 특히 요즘은 재미가 없으면 잘 읽으려 하지 않는 경향이 있다. 따라서 에피소드나 유머 등을 삽입해 흥미를 유발하면 공감을 얻기가 더욱 수월하다. 다음은 어느 피부과 의사가 작성한 글이다. 자칫 전문지식을 동원해 딱딱하게 작성할 수도 있는 사항이지만 요령을 부려 재미있게 서술하고 있다.

'미인은 잠꾸러기'라는 말이 있다. 사실일까? 잠을 많이 자면 미인이 되는 걸까? 틀린 말은 아니다. '얼짱'이 되려면 잠을 많이 자야 한다. 실제로 충분한 수면은 피부 건강과 밀접한 관계가 있다. 수면은 피부에 영양과 산소를 공급해 주고 피부 조직을 회복시켜 준다. 심신의 원기를 회복하는 데도 수면이 절대적으로 필요하다. 건강한 피부와 젊음을 오래 유지하기 위해서는 충분한 수면을 취하는 것이 바람직하다. 따라서 탄력 있고 아름다운 피부를 유지하려면 충분한 휴식과 수면이 무엇보다 중요하다. '미인은 잠꾸러기'인 셈이다.

06 반복어법을 구사하라

말할 때나 글을 쓸 때 같은 낱말이나 동일한 표현을 반복하는 것을 피하는 것이 바람직하다. 같은 낱말이나 표현이 되풀이되면 단순함과 지루함을 주기 때문이다. 또한 그것은 어휘력과 표현력의 한계를 드러내는 일이기도 하다. 따라서 다양한 낱말이나 표현을 동원해 다채롭게 서술하는 것이 필요하다.

다만 수사법에서 얘기하는 반복어법은 조금 다르다. 이것은 같은 낱말을 되풀이함으로써 자연스럽게 그것을 익숙하게 만들고 뇌리에 각인시키는 방법이다. 즉 주장하고 싶은 것을 문장 속에서 적당히 반복하면서 독자가 그에 익숙해지도록 하는 기법이다. 익숙하도록 함으로써 공감을 느끼게 하는 기술이다. 아래 글은 '중간집단'이란 단어를 적당히 반복하면서 이에 익숙하게 만들고 나아가 중간집단이 중요(필요)하다는 공감을 이끌어 내고 있다.

현대 대중사회에서는 무엇보다 중간집단이 중요하다. 양극화된 두 계층 사이에서 민주적인 압력집단의 구실을 자율적으로 행사함으로써 전체 사회를 장기적으로 조화시켜 가는 중간집단이 필요하다. 이처럼 없어서는 안 될 중간집단의 주역은 정치적·경제적 엘리트가 아니라 합리적 비판 능력을 생명으로 여기는 주체적 존재다.

설득은
논리에서 나온다

제 4 장

상대를 설득하는 글이라면 무엇보다 논리적으로 굴러가도
록 작성해야 한다. 일관성 없이 이야기를 끌고 나가거나 객관
성 없는 내용을 늘어놓는다면 상대를 설득할 수 없다. 실생활
에서 우리가 쓰는 대부분의 글은 사람을 설득하는 데 목적이
있으므로 논리적으로 작성해야 한다. 글에서 논리적이라 함은
조리 있게 굴러가는 것이라 생각하면 된다.

단순히 지식이나 정보를 전달하는 글이 있지만 상대에게 공감을 불러일으키거나 상대를 설득하는 것을 목적으로 하는 글도 많다. 상대를 설득하는 글이라면 무엇보다 논리적으로 굴러가도록 작성해야 한다. 일관성 없이 이야기를 끌고 나가거나 객관성 없는 내용을 늘어놓는다면 상대를 설득할 수 없다.

　시·소설·수필·감상문 등은 주관적·감성적 언어활동이므로 자신만의 생각을 자유롭게 표현할 수 있다. 그러나 자기소개서·기획서·보고서 등 실생활에서 우리가 쓰는 대부분의 글은 사람을 설득하는 데 목적이 있으므로 논리적으로 작성해야 한다. 글에서 논리적이라 함은 조리 있게 굴러가는 것이라 생각하면 된다. 따라서 논리적인 글이 되기 위해서는 일관성 있게 서술해 나가야 하고 충분한 근거를 제시해야 한다. 또한 말의 일정한 법칙인 어법에도 맞아야 한다.

01

일관성 있게
써야 한다

조리 있게 말을 해야 하듯이 글도 조리 있게 써 내려가야 한다. 조리가 있다는 것은 앞뒤가 잘 들어맞고 체계가 똑바로 서 있는 것을 가리킨다. 전개 과정에서 주제와 동떨어진 이야기가 나오고 무슨 말인지 의미가 잘 통하지 않거나 체계가 없으면 곤란하다. 자신이 무엇을 이야기하려는 것인지도 모르고 이것저것 늘어놓아서는 안 된다.

일정한 방향에 맞추어 일관성 있게 이야기를 풀어 나가야지 이 얘기 저 얘기 늘어놓는다면 체계가 서지 않아 글이 혼란스러워진다. 글의 모든 부분은 동일한 관점, 동일한 어투 등 하나의 흐름 위에 존재해야 한다. 또 문단을 이루는 여러 문장은 서로 긴밀한 관계를 가지고 유기적으로 연결돼야 한다.

아래 예문처럼 대기오염에 대해 쓴다고 가정해 보자. 대기오염은 인구 증가, 도시집중, 공업 발달, 에너지 개발 등이 근본 원인이 되고 있다. 구체적으로는 석유·휘발유 등 화석연료의 사용, 특히 대규모 공장의 산업 활동에서 일어나는 매연이 큰 부분을 차지한다. 이러한 사실을 언급하면서 에너지 소비와 매연을 줄여야 한다고 얘기를 끝맺으면 되지 현대사회에서 어쩔 수 없는 측면이 있다는 등의 얘기가 나오면 일관성 결여로 논리성이 떨어진다.

북한을 지원해야 한다는 입장에서 글을 쓴다면 지원의 당위성으로 글을 이끌어 가야 한다. 통일을 위해서는 경제적인 격차를 줄여야 하고, 북한은 현재 굶어 죽는 사람이 많을 정도로 심각한 경제난을 겪고 있다는 사실 등으로 써 나가면 된다. 이런 사실을 언급하면서 지원의 필요성이나 당위성으로 글을 이끌어 가고 마무리해야지 지원이 오히려 북한의 체제를 강화할 뿐 아무 도움이 되지 않는다는 사실을 함께 언급한다면 일관성이 없어진다.

일관성이 결여된 글

대기오염은 인구 증가, 도시집중, 공업 발달, 에너지 개발 등이 근본 원인이 되고 있다. 구체적으로는 석유·휘발유 등 화석 연료의 사용, 특히 대규모 공장의 산업 활동에서 일어나는 매연이 큰 부분을 차지한다. 따라서 대기오염을 줄이기 위해서는 무엇보다 에너지 사용을 줄여 나가야 한다. 그러나 현대사회에서는 대기오염을 피하기 어렵다. 산업을 발달시키기 위해서는 에너지 사용이 계속 늘어날 수밖에 없다. 에너지 소비를 줄이고 공장 등의 매연을 최소화해야 하지만 그렇다고 차를 끌고 다니지 않을 수도 없고, 공장을 가동하지 않을 수도 없는 일이다.

대북 관계에서 궁극적인 목표는 통일이다. 통일을 지향하기 위해서는 여러 가지 과정이 필요하지만 경제적인 격차를 줄이는 것이 무엇보다 중요하다. 정치·제도적으로 통합된다 하더라도 경제적인 격차가 크면 갈등과 이질감에서 오는 통일의 부작용을 감당하기 어렵다.

현재 북한은 굶어 죽는 사람이 많이 발생할 정도로 극심한 경제난을 겪고 있으며, 자력으로 일어설 수 있는 가능성이 거의 없는 상태다. 그냥 두면 스스로 붕괴함으로써 우리가 감내하기 어려운 상황이 닥칠 수도 있다. 따라서 북한을 돕는 것은 동포애를 발휘하는 것일 뿐 아니라 우리 스스로를 위하고 통일을 앞당기는 일이므로 최대한 지원해야 한다.

하지만 우리 쪽이 너무 일방적으로 양보하고 저자세로 이끌려 가고 있다. 북한은 별로 변한 게 없으며, 미사일 시험발사로 긴장만 고조시키고 있다. 식량이 절실히 필요한 어린이들에게 가지 않고 군인들에게 지급되는 등 오히려 북한의 현 체제를 유지시키고 통치자들의 권력만 강화해주는 결과를 가져오고 있으므로 대북 지원을 하지 않는 것이 좋을지도 모른다.

객관성이
필요하다

문학적인 글쓰기를 할 때는 자신만의 생각을 자유롭게 표현할 수 있다. 특별히 형식이나 내용에 얽매일 필요가 없다. 즉 시·소설·수필·감상문 등을 쓸 때는 자신의 삶에서 느끼는 생각을 다양하게 표현할 수 있다. 주관과 감정이 개입돼도 문제 될 것이 없다. 특별한 제약이 없으므로 자기 생각과 경험을 부드럽고 재미있게 표현하기만 해도 된다.

그러나 상대를 설득하는 글은 객관성이 필요하다. 상대를 설득하려면 주관에 치우치지 않고 누구나 인정할 수 있는 객관적 사실을 가지고 써 내려가야 한다. 반드시 그렇다고 볼 수 없는 것을 제시한다면 혼자만의 얘기일 뿐 객관성을 갖지 못한다. 설명문·논설문 등이 이런 유형의 글이다. 객관적인 논의 과정을 거쳐 그 결과를 서술하는 것이란 점에서 다른 글쓰기와 차이가 난다. 이러한 글은 자신의 주관과 감정을 배제하고 어떤 일의 원인과 결과를 사실 자체로 파악하면서 나름대로 결론을 이끌어 내야 한다.

기획서·보고서 등 실생활에서 쓰는 대부분의 글도 정보 전달이나 설명에 목적이 있으므로 크게 봐서는 설득하는 글이라 할 수 있다. 따라서 이러한 글들은 철저하게 주관을 배제하고 누구나 인정할 수 있는 객관적 사실로 차분하게 써 내려가야 한다. 즉 어떤 일의 원인과 결과, 또는 해결방안 등을 자신의 주관과 감정을 배제하고 객관적으로 서술해 나가야 한다.

객관성이 결여된 글

경제 발전과 의술의 발달 등으로 노령인구가 증가함으로써 노인 문제가 사회적인 문제로 대두됐다. 대부분의 노인들은 경제적으로 어려움을 겪고 있으며, 자식들과 떨어져 외로움을 느끼며 살아가고 있다. 무엇보다 가족 구성원들의 무관심이 노인 문제 해결을 어렵게 하고 있다.

경제적인 면을 해결하기 위해서는 국민연금과 노령수당 확대 등으로 소득을 보장하는 것 못지않게 고령자의 취업 기회를 늘림으로써 사회 참여와 더불어 일정한 수입을 보장해 안정적으로 삶을 영위할 수 있게 해야 한다. 또한 노인들의 학습과 여가 프로그램을 확충해 노인들이 건강과 건전한 정신을 유지할 수 있게끔 사회적인 지원을 강화해야 한다.

노인 문제 해결은 이러한 경제적인 면과 사회적 지원으로만 해결될 수 있는 것이 아니다. 핵가족화로 노인들이 소외감과 외로움을 느끼는 등 정신적으로 고통 받는 경우가 많으므로 가족 구성원들이 우리의 전통적인 효의 사상을 발휘해 자주 찾아뵙고 늘 관심과 애정을 보내는 것이 무엇보다 중요하다. 노인들의 기여로 우리가 현재의 삶을 영위할 수 있게 됐다는 것을 깨닫고 젊은이들에게도 이러한 사실을 일깨우면서 노인을 공경하는 마음을 가지고 소홀함이 없게 따뜻하게 대하는 것이 중요하다.

그러나 이것만 가지고는 노인 문제 해결이 어렵다. 이러한 당위성과 해결 방안에도 불구하고 실제적으로 해결이 되지 않고 있다. 따라서 가정의 경우 구성원들의 양심에만 맡겨 놓을 수 없다. 법률을 만들어 자식으로 하여금 매달 노인들에게 일정한 생활비를 지불하도록 강제해야 한다. 만약 이를 지키지 않는 사람이 있다면 법률로 엄격하게 처벌해야 한다. 그래야 노인 문제가 확실하게 해결될 수 있다.

고령자의 취업 기회를 늘리기 위해서는 기업체가 일자리의 일정 비율을 노인에게 할당하도록 법으로 정해야 한다. 그렇지 않으면 노인들을 고용하는 회사가 별로 없을 것이기 때문이다. 일자리가 없는 노인에게는 국민연금과 노령수당을 현직에 있을 때의 수입만큼 지급해야 한다. 현재의 국민연금과 노령수당을 가지고는 안락한 노후를 보내기에 부족하다. 그리고 모든 노인이 사회복지시설을 무료로 이용할 수 있게 해야 한다.

▤ 생활비를 강제로 지불하도록 해야 한다거나 일자리 할
당을 법으로 정하고 노령 수당을 현직 이상으로 지급해야
한다는 등의 해결책은 자신의 주장일 뿐 객관성을 가졌다
보기 어려움.

인과관계를 일치시켜라

직장에서 쓰는 보고서는 대체로 어떤 문제에 대한 원인을 밝히고 그에 따른 해결책을 제시하는 방식으로 서술한다. 이처럼 원인을 규명함으로써 문제의 해결 방안을 마련하는 글이 적지 않다. 현상을 먼저 서술하고 나서 그것이 어떠한 원인에 의해 발생했는지 밝히는 글도 이러한 유형이라 볼 수 있다. 이들은 모두 인과관계로 이루어진다는 특징을 가지고 있다. 이러한 글에선 원인과 결과를 정확하게 일치시켜야 한다.

인과관계를 일치시키기 위해서는 무엇보다 무리하게 이야기를 풀어 나가지 않도록 주의해야 한다. 집중해 서술하지 않으면 논리적인 비약이 생길 수 있다. 특히 일부분을 확대해석하는 오류를 범해서는 안 된다. 전체 글에서는 물론 한 문장 안에서도 인과관계로 내용이 이루어질 때는 원인과 결과가 정확하게 일치하도록 신경 써야 한다. 다음은 문장 안에서 또는 이어지는 문장에서 인과관계가 부족하거나 논리성이 떨어지는 경우다.

연초부터 매출이 줄었다. 올해는 영업 이익이 감소할 것으로 예상된다.

🗐 연초 매출을 가지고 한 해의 영업 이익을 논하기에는 인과관계가 부족하다.

✎ 연초부터 매출이 줄었다. 올해는 영업 이익이 감소하지나 않을지 걱정된다.

중국은 값싼 노동력으로 저가 상품을 생산해 수출함으로써 세계 시장을 석권하고 있다.

🗐 중국이 세계 수출 시장에서 경쟁력을 갖는 것에 값싼 노동력이 바탕이 되긴 하지만 그것이 전부라고 할 수는 없으므로 인과관계가 약하다. 현재는 자원·기술·자본 등 여러 요소가 복합적으로 작용해 경쟁력을 갖고 있다고 봐야 한다. 세계 시장을 석권하고 있다는 것도 과장된 표현으로 논리성이 떨어진다.

✎ 값싼 노동력으로 생산한 저가 상품은 수출 시장에서 중국의 경쟁력의 하나로 작용하고 있다.

우리나라 사람들은 공짜를 좋아하기 때문에 비즈니스에서 선물은 아주 중요하다. 고객을 방문할 때는 반드시 선물을 준비해야 한다.

🗐 우리나라 사람이 공짜를 좋아하기 때문에 고객을 방문할 때는 반드시 선물을 준비해야 한다는 것은 논리성이 약하다.

✎ 누구나 선물에 약한 면이 있기 때문에 비즈니스에서 선물은 중요한 요소다. 고객을 방문할 때는 가급적 선물을 준비하면 좋다.

우리 아이가 성적이 신통치 않은 것은 좋은 학원에 다니지 않기 때문이다.

🗐 좋은 학원에 다닌다고 반드시 성적이 좋은 것은 아니므로 인과관계가 일치하지 않는다.

✎ 우리 아이는 성적이 신통치 않으므로 좋은 학원에 다닐 필요가 있다.

남성과 여성은 평등하므로 차별이 있어서는 안 된다. 따라서 여자도 군대에 가야 한다.

🗐 남성과 여성이 평등하고 차별이 있어서는 안 된다는 것

은 맞지만, 그래서 여자도 똑같이 군대에 가야 한다는 것
은 논리성이 부족하다.

내가 보면 꼭 지기 때문에 이번에는 축구 경기를 보지 않겠다.

🗐 내가 축구를 보는 것과 지는 것에 실제로 인과관계가 있
다고 볼 수 없다.

✎ 내가 본 경기마다 졌기 때문에 이번에는 축구를 보고 싶은
생각이 없다.

04 내용에 논리적 모순이 없어야 한다

의미를 정확하게 전달하기 위해서는 내용에 논리적 모순이 없어야 한다. 막상 글을 쓰다 보면 앞뒤 내용이 논리적으로 호응하지 못하는 경우가 자주 발생한다. 논리적 모순이 생기는 이유는 대부분 주의를 기울이지 않기 때문이다. 글을 쓸 때는 집중력을 발휘해 논리적으로 모순이 생기지 않도록 주의해야 한다.

예를 들면 "학교 급식 재료의 위생 상태가 불량한 것으로 밝혀져 학생들의 건강에 위협이 되고 있다"는 말은 언뜻 문제가 없어 보인다. 그러나 학교 급식 재료의 위생 상태가 불량하기 때문에 학생들의 건강에 위협이 되는 것이지 그 사실이 밝혀져 위협이 되는 것은 아니다. 따라서 "학교 급식 재료의 위생 상태가 불량해 학생들의 건강에 위협이 되고 있는 것으로 밝혀졌다"고 해야 논리적으로 모순이 발생하지 않는다.

훌륭한 사람은 훌륭한 생각을 한다.

目 훌륭한 사람도 잘못된 생각을 할 수 있다.

주부는 합리적인 소비자이므로 제품 판매도 합리성에 호소해야 한다.

目 주부가 대체적으로 합리적인 소비자라고 해서 항상 합리적 선택만 하는 것은 아니다.

제품의 생산량이 늘어난 데도 불구하고 소비가 부진해 가격이 약세를 보이고 있다.

目 제품의 생산량이 늘어난 것도 가격에 영향을 미치므로 '늘어난데도 불구하고'가 아니라 '늘어난 데다'로 해야 앞뒤가 맞는다.

✎ 제품의 생산량이 늘어난 데다 소비도 부진해 가격이 약세를 보이고 있다.

담뱃값을 두 배로 올리면 흡연 인구가 반으로 줄어든다.

目 담배 가격이 올라도 어쩔 수 없이 피우는 사람이 있으므로 담뱃값을 두 배로 올린다고 흡연 인구가 그만큼 줄어

들 리는 없다.

개혁 정책을 지지하지 않는 사람들은 수구 세력이다.

🗐 개혁 정책을 지지하지 않는다고 모두 수구 세력일 수는 없다. 보수 세력이든 진보 세력이든 정책의 사안에 따라, 옳고 그름에 따라 지지가 달라질 수 있다.

한국 상품에 대한 불만과 고쳐야 할 점으로는 품질 개선과 가격 인하를 많이 지적했다.

🗐 '불만과 고쳐야 할 점'이 '품질 개선과 가격 인하'라는 것은 이치에 맞지 않다.

✎ 한국 상품에 대한 불만과 고쳐야 할 점으로는 품질과 가격을 많이 지적했다.

✎ 한국 상품에 대한 요구 사항으로는 품질 개선과 가격 인하가 많았다.

속절없이 떨어지는 주가 하락에 제동을 걸기 위해 정부가 연·기금을 투입하기로 했다.

🗐 '주가 하락'이 떨어진다는 것은 논리에 맞지 않는다.

✎ 속절없이 떨어지는 주가에 제동을 걸기 위해 정부가 연·기금을 투입하기로 했다.

근거를 충분히
제시해야 한다

설득하는 글의 경우 주장의 근거를 충분히 제시해야 한다. 근거가 부족하면 상대를 설득하기 어렵다. 부족한 근거로 무리하게 주장을 펼쳐 나가면 설득력이 떨어질 뿐 아니라 논리적 비약이 일어날 수 있다. 자기 주장의 타당성을 입증하기 위해서는 뒷받침할 수 있는 근거를 가능한 한 많이 제시해야 한다.

근거를 제시할 때는 중요한 순서로 하는 것이 좋다. 최근에 벌어진 일이나 자주 발생하는 사회 현상, 신뢰할 만한 사람의 언급(멘트) 등 무엇이든 근거로 제시할 수 있다. 신문이나 책 등에 실린 내용이나 지식인 또는 권위자의 의견, 또는 통계자료 등을 제시하면서 자신의 의견이 옳다는 것을 뒷받침해 나가도 된다.

체벌을 하지 않으면 학생들이 말을 듣지 않기 때문에 체벌은 꼭 필요하다.

🗐 체벌의 필요성에 대한 근거가 부족하다.

✎ '사랑의 매'라는 말이 있듯이 교육 효과를 높이기 위해서는 체벌이 불가피하다. 특히 학교에서 많은 학생을 통제하고 효율적으로 교육하기 위해서는 어쩔 수 없이 체벌을 행해야 하며, 체벌을 없앨 경우 학생들이 말을 듣지 않는 등 제대로 교육이 이루어지기 어렵다.

인터넷은 청소년에게 많은 해를 끼치므로 부작용이 크다.

▤ 인터넷의 부작용이 큰 것은 사실이지만 단순히 청소년에게 많은 해를 끼치기 때문이라는 것은 충분한 근거가 될 수 없다.

✎ 인터넷은 지나치게 게임 등에 몰두하게 함으로써 중독을 일으키고, 청소년들이 음란물에 쉽게 노출됨으로써 정신을 황폐화하는 등 부작용이 만만치 않다. 남의 창작물을 그대로 베껴 옴으로써 소유권이 침해되는 경우도 있으며, 사기 등 인터넷을 이용한 범죄도 적지 않게 일어나고 있다. 또한 집에서 인터넷을 통해 회사 일을 계속함으로써 직장 근무시간의 연장을 가져오기도 한다. 익명으로 상대를 헐뜯고 비방하거나 허위 사실을 유포하는 등의 언어폭력도 일어나고 있다.

사형제도는 또 다른 살인이므로 반드시 폐지되어야 한다.

🗒 사형제도가 폐지돼야 하는 이유가 부족하다.

✎ 사형제도가 폐지돼야 하는 이유로는 무엇보다 사형이 무고한 사람에게 집행될 경우 되돌릴 수 없는 결과를 초래한다는 점이다. 불완전한 인간이 하는 재판이기에 오판의 가능성은 항상 존재하기 때문이다. 둘째, 사형제도는 형벌의 목적이 응보에서 범죄인의 개선과 교화로 옮겨지고 있는 추세에도 부합하지 않는다. 사형제도를 그대로 유지하는 것은 결국 국가가 범죄인에 대한 개선과 교화의 노력을 스스로 포기하는 것이다. 셋째, 사형제도의 존속을 주장하는 사람들이 드는 근거로서 가장 큰 것이 흉악범에 대한 범죄예방 효과다. 그러나 이는 사형제도를 폐지한 국가에서 폐지 전보다 후에 사형에 해당하는 범죄가 오히려 줄어들었다는 경험적 통계에서 보듯 학문적 가설에 불과할 뿐이다.

06

어법에
맞아야 한다

어법에 맞지 않는 글은 무의미하다. 어법을 모르고 글을 쓰는 것은 산수를 모르면서 수학을 하는 것이나 마찬가지다. 아무리 좋은 생각, 좋은 내용이라 하더라도 상대의 공감을 얻으려면 말의 일정한 법칙인 어법에 맞아야 한다. 어법을 지키지 못한 글은 훌륭한 내용과 멋있는 표현을 지녔다 해도 좋은 글이 될 수 없다. 글은 말과 달리 완전하고 체계적이어야 하기 때문에 어법에 맞는 문장이 전제가 된다.

실제 써 놓은 글을 보면 어법에 맞지 않는 문장, 즉 비문이 허다하다. 특히 연결어미나 접속사로 문장을 연결시킬 때는 그에 맞는 내용이 와야 하나 이를 무시하고 동떨어진 얘기를 하는 경우가 많다. '-고' '-며' 등에는 대등한 내용이 뒤따라야 하고, '-으나' '-지만' 등에는 반대 내용이 와야 한다. 글에서 비문이 나오면 글쓴이의 교양과 학식까지 의심받을 수 있으므로 어법에 어긋나는 문장이 나오지 않도록 최대한 주의를 기울여야 한다.

글쓰기 정석

집사람은 직장인이지만 나는 집에서 놀고 있다.

📋 집사람이 직장인이라고 했으므로 뒤에도 대등하게 '실업자' 등의 이야기가 이어져야 한다.

✎ 집사람은 직장인이지만 나는 실업자다.

✎ 집사람은 직장에 다니지만 나는 집에서 놀고 있다.

상반기에는 기대치를 밑돌았으며 하반기에는 점진적인 회복이 예상된다.

📋 앞뒤 내용이 상반된 것이므로 '-으며' 대신 '-으나'로 해야 한다.

✎ 상반기에는 기대치를 밑돌았으나 하반기에는 점진적인 회복이 예상된다.

큰아이는 모범생이며 작은아이는 미술을 좋아한다

📋 '-이며'는 둘 이상의 사물을 같은 자격으로 이어 주는 접속사이므로 대등한 내용이 뒤따라야 한다.

✎ 큰아이는 모범생이며 작은아이는 우등생이다.

✎ 큰아이는 음악을 좋아하며 작은아이는 미술을 좋아한다.

세계 경제는 회복세를 보이고 있고 우리 경제는 점점 악화하고 있다.

☰ '–고'는 둘 이상의 사물을 같은 자격으로 이어 주는 접속사이므로 앞뒤를 대등한 내용으로 구성해야 한다. 앞이 긍정적 내용이므로 뒤에도 긍정적 내용이 와야 한다. 반대 내용이 오려면 '–으나' 또는 '–지만'으로 연결해야 한다.

✎ 세계 경제는 회복세를 보이고 있으나(있지만) 우리 경제는 점점 악화하고 있다.

✎ 세계 경제는 회복세를 보이고 있고(있으며) 우리 경제도 풀릴 조짐이 나타나고 있다.

당장은 괴롭더라도 자신의 과실을 축소하거나 감추려는 태도는 상대방의 신뢰를 잃게 된다.

☰ '당장은 괴롭더라도'로 시작했으면 '어떻게 해야 한다' 또는 '어떻게 해서는 안 된다'는 내용이 와야 어법에 맞는다.

✎ 당장은 괴롭더라도 자신의 과실을 축소하거나 감추려는 태도를 보여서는 안 된다. 그렇게 하면 상대방의 신뢰를 잃게 된다.

단어의 고유한 의미를
알아야 한다

　단어의 뜻을 정확하게 알지 못하고 이야기를 풀어 나가는 경우가 종종 있다. 단어의 의미를 제대로 이해하지 못하면 엉뚱한 얘기로 흘러가게 되므로 논리에서 벗어난 이야기가 이어질 수 있다. 따라서 단어의 고유한 의미를 정확하게 파악한 뒤 글을 전개해야 한다.

　말을 할 때는 대충 얘기해도 의미를 전달하는 데 큰 문제가 없지만 글에서는 이런 것이 용납되지 않는다. 글의 첫째 원칙은 정확성이기 때문이다. 따라서 문맥에 맞는 정확한 어휘를 사용해 이야기를 풀어 나가야 한다. 단어의 뜻을 몰라서라기보다 대부분 주의를 기울이지 않기 때문에 발생하는 문제이므로 글을 쓸 때는 집중력을 발휘해야 한다.

　또 사용하는 용어는 고정돼 있어야 하며 뜻이 분명해야 한다. 얘기를 진행하면서 같은 용어를 서로 다른 뜻으로 쓰거나 다른 용어를 같은 뜻으로 써서 생기는 마찰이나 혼란이 있어서는 안 된다. 특히 추상적인 단어의 경우 오해가 생기거나 논의에서 혼란이 일어날 수 있으므로 개념을 분명하게 규정하며 시작하는 게 좋다. '환경'에 대해 글을 쓴다면 "환경이란 생물에게 직접·간접으로 영향을 주는 자연적 조건이나 사회적 상황을 말한다"고 밝히면서 글을 시작하는 것이다.

수출은 지난 몇 달간 적자를 보다 이달 들어 겨우 흑자를 내고 있다.

🗐 '수출'은 증가하거나 감소할 수 있지만 수출 자체를 흑자·적자로 얘기하는 것은 맞지 않다. '수출'을 '수출입 거래' 또는 '무역수지'로 바꿔야 한다.

✎ 수출입 거래는 지난 몇 달간 적자를 보다 이달 들어 겨우 흑자를 내고 있다.

✎ 무역수지는 지난 몇 달간 적자를 보다 이달 들어 겨우 흑자를 내고 있다.

공약이란 정부·정당·입후보자 등이 어떤 일에 대해 국민에게 실행할 것을 약속하는 것이다. 선거 때만 되면 후보들은 인기영합적이고 단편적인 시책들을 마구 쏟아 내지만 선거가 끝나면 언제 그랬느냐는 듯이 잊어버리기 일쑤다.

글쓰기 정석

▤ 얘기를 진행하면서 같은 용어를 서로 다른 뜻으로 쓰거나 다른 용어를 같은 뜻으로 써서 생기는 마찰이나 혼란을 피하기 위해 '공약'의 개념을 분명하게 규정하며 시작한 글이다.

환율 하락으로 원화 가치가 떨어지면 수출업체는 혜택을 보고 수입업체는 손해를 보게 된다.

▤ 환율이 하락하면 원화 가치가 상승해 수출입 상품의 가격이 낮아져 수출업체는 상대적으로 싼값에 수출해야 하므로 수익 폭이 떨어지고, 수입 업체는 싼값에 물건을 들여오므로 이득을 볼 수 있다. '환율 하락'의 의미를 제대로 알지 못하고 이야기를 풀어나감으로써 논리적이지 못한 글이 됐다.

✎ 환율 하락으로 원화 가치가 올라가면 수입업체는 혜택을 보고 수출업체는 손해를 보게 된다.

라이트 형제는 몇 백 번의 실패에도 반드시 '날고 싶다'는 간절한 꿈이 있어 하늘을 나는 비행기를 만들 수 있었고, 그 후손들은 지구를 벗어나 우주를 날고 싶다는 꿈이 있었기에 토끼가 살고 있다던 달나라에 가는 우주선을 만들 수 있었다. 얼마 전엔 우리 한국도 아리랑 5호가 성공적으로 발사돼 총 20여 대의 우주선을 보유하게 됐다. 이 모든 것은 꿈을 꾸었기 때문에 이루어진 것이다.

🗐 아리랑 5호는 '인공위성'이지 '우주선'이라 하기 어렵다. 일반적으로 우주선은 멀리 우주공간을 비행하기 위한 물체를 말한다. 단순히 지구 둘레를 도는 인공위성과는 차이가 난다. 단어의 의미를 제대로 알지 못하고 이야기를 전개했기 때문에 논리성이 떨어진다. '우주선'을 '인공위성'으로 바꾸어도 아리랑 5호 인공위성은 '나는 꿈' '비행기' '우주선'으로 이어지는 얘기의 흐름에서 벗어나는 측면이 있어 좋은 글이라 할 수 없다.

제목이
반이다

"

제 5 장

요즘은 제목을 보고 글을 읽을지 말지 결정하는 경우가 많다. 특히 SNS 등 인터넷상의 글을 보면 제목이 얼마나 중요한지 절실히 느낄 수 있다. 제목의 본래 기능은 그 글이 어떤 내용을 담고 있는지 요약해 보여 주는 것이다. 따라서 제목은 글의 핵심을 담아야 하고 재미있게 작성함으로써 독자의 관심을 끌 수 있어야 한다.

주제를 잘 설정하고 상대가 공감하게끔 글을 작성하는 것 못지않게 중요한 것이 제목이다. 특히 요즘은 제목을 보고 글을 읽을지 말지 결정하는 경우가 많으므로 제목을 어떻게 다느냐가 대단히 중요하다. 특히 SNS 등 인터넷상의 글을 보면 제목이 얼마나 중요한지 절실히 느낄 수 있다. 홈이나 사이드 등에 노출되는 제목을 보고 그 글을 읽을지 말지 결정한다.

그러다 보니 낚시성 제목이 난무하기도 하지만 이는 역설적으로 제목의 중요성을 여실히 보여 주는 사례이기도 하다. 제목의 본래 기능은 그 글이 어떤 내용을 담고 있는지 요약해 보여 주는 것이다. 따라서 제목은 글의 핵심을 담아 전체 내용을 짐작할 수 있게 해야 한다. 또한 재미있게 작성함으로써 흥미를 유발해 독자의 관심을 끌 수 있어야 한다.

핵심 내용을
제목에 담아라

___01___

제목의 첫째 기능은 이 글이 어떤 내용을 담고 있는지 알 수 있게 하는 것이다. 독자가 본문을 읽어보지 않아도 전체 내용을 짐작할 수 있게 해야 한다. 따라서 제목과 소제목은 무엇보다 글의 핵심 내용을 담아야 한다. 본문의 가장 중심이 되는 내용을 담아 읽는 사람이 이것만 보고도 글의 전체 내용이 무엇인지 알 수 있게 해야 한다.

신문 기사의 경우 제목과 부제목만 보아도 내용의 대부분을 짐작할 수 있다. SNS 글이나 기획서·보고서 등도 마찬가지다. 제목에 글의 핵심적인 내용을 담아 읽는 사람이 이것만 보고도 많은 정보를 얻을 수 있게 해야 한다. 아래 글은 신문 칼럼의 제목이다. 본문을 읽어보지 않고 제목만 보아도 전체 내용을 짐작할 수 있게끔 돼 있다.

(큰제목) **대기업 64%가 채용 계획도 못 세우는 기막힌 현실**

(중간제목) 거듭되는 규제에 코로나 충격 겹친 결과

젊은 인재 수혈 바람 부는 일본과 대조적

한국경제연구원이 어제 발표한 '올해 상반기 신규채용 계획'은 한국 경제가 어쩌다 이런 현실에 직면했는지 한숨이 나오게 한다. 이에 따르면 매출액 500대 기업 가운데 63.6%는 대졸 신규 직원을 뽑을 계획이 없거나 채용 계획을 세우지 못했다고 응답했다. 지난해에는 그 비율이 41.3%였다.

현 정부의 고용 참사는 새삼 놀라울 게 없다. 2017년 5월부터 밀어붙인 '소득주도 성장' 정책부터 지난해 제정한 '기업규제 3법', 올해 들어 추진 중인 '협력이익공유제' 같은 반(反)기업적·반시장적 정책이 꼬리를 물면서 불 보듯 예고된 일이었다. 급격한 기술 변화에 맞춰 낡은 규제를 정비하고 손질해 줘도 기업의 생존을 보장할 수 없는데, 기업의 손발을 묶고 경영권을 옥죄는 규제가 쏟아지는 현실에서 어느 기업이 인력을 늘릴 수 있겠는가. 설상가상으로 코로나19 충격이 겹치면서 기업의 고용 여력은 더욱 움츠러들었다.

정책 책임자들은 대기업 열 곳 중 여섯 곳에서 채용 계획이 없다는 현실을 무겁게 받아들여야 한다. 그간 노인과 청년에게 세금을 쏟아붓는 관제 일자리를 제공해 통계상으로는 고용 상황이 나쁘게 보이지 않도록 해왔지만, 세금 일자리 프로그램이 끝나자 그 민낯이 드러났다. 지난 1월에는 실업자 수가 157만 명에 달했고, 실업률은 5.7%로 치솟았다. 양질의 일자리를 제공하는 대기업이 채용을 줄인다면 올해는 고용 상황이 더 악화할 수밖에 없다.

참으로 안타까운 것은 지난 1일부터 신입사원 채용이 개시된 일본과는 대조를 이룬다는 점이다. 일본 역시 지난해에는 코로나 충격으로 유효구인배율이 크게 하락했다. 하지만 올해 들어서는 기업의 고용 의욕이 되살아나고 있다. 일본 리크루트 조사에 의하면 종업원 5인 이상 기업의 평균 채용예정 인원은 24.8명으로 지난해(24.7)보다 나빠지지 않았다. 더구나 일본은 인구 감소 여파로 젊은 인재 수혈 바람이 불면서 기업 간 인재 채용 경쟁이 뜨겁다고 최근 니혼게이자이신문이 보도했다. 청년들 대다수가 대학 재학 중 입도선매되고, 기업은 신규 직원의 이직 단속에 바쁘다.

한국은 어떤가. 현 정부가 민간기업의 숨통을 조여 고용 의욕이 바닥에 떨어지면서 기업 취업은 낙타 바늘구멍이 됐다. 문재인 대통령은 "민간만 일자리를 만드는 게 아니다"며 공무원 증원에 나섰지만, 개인이나 국가로나 생산적이지 못하고 경쟁자가 몰리면서 기회조차 많지 않다. 도산 안창호 선생은 "낙망은 청년의 죽음이요, 청년이 죽으면 민족이 죽는다"고 했다. 지금 이 나라 청년의 미래야말로 절체절명의 상황 아닌가. 취업을 못 하면 잃어버린 세대로의 전락을 피할 수 없다. 정책 책임자들은 이제라도 기업의 애로를 들어주고 자발적으로 고용을 늘리는 분위기 조성에 나서야 한다.

-중앙일보(2021.3.8.) 사설

흥미를 끌 수 있는
것이어야 한다

여러분은 어떤 제목에 시선이 가는가? 요즘 독자의 관심을 끄는 요소는 무엇보다 재미다. 무언가 재미가 있겠구나 싶으면 그 글을 자연스럽게 읽어보게 된다. 특히 SNS상의 글은 재미가 있을 듯해야 기꺼이 클릭하게 된다. 가벼운 것과 흥미있는 것을 추구하는 현대인의 속성상 갈수록 재미가 독자를 끌어들이는 중요한 요소로 작용하고 있다. 따라서 가급적 흥미를 끌 수 있는 내용으로 제목을 달아야 한다.

그렇다면 어떻게 해야 흥미를 끌 수 있을까? 제목에 흥미로운 사실을 내세우거나 재미있는 말이나 표현을 동원하는 것이 방법이다. 이렇게 함으로써 독자로 하여금 읽어 보고 싶은 마음이 생기게 한다면 성공한 제목이라 할 수 있다. 특히 인터넷상의 글이나 동영상은 메인홈에 노출되는 제목을 보고 클릭하는 경우가 대부분이다 보니 낚시성 제목도 적지 않다.

흥미를 끄는 제목

- 된장녀도 반한 된장찌개
- '거시기' 키우는 의사와의 점심
- 엄마 모임에 웬 아빠? 알고 보니 육아 고수!
- 동물에게도 언어장애가 있다고?
- '최첨단' 아리랑 위성에 4호는 재수 없어?
- 아내가 결혼했다(소설 제목)
- 예감은 틀리지 않는다
- 백년보다 긴 하루

03

무언가 다르다는 것을
보여 줘라

비슷비슷한 내용이라는 이미지를 주는 제목에는 눈길이 잘 가지 않는다. 남들과 똑같은 내용이라는 느낌을 주는 제목으로는 독자의 관심을 끌 수 없다. 아무리 좋은 내용이 담겨 있다 하더라도 제목에서 남들과 비슷할 것이라는 인상을 주면 읽을 사람이 적어지게 된다. 그저 그런 내용이라면 굳이 시간과 노력을 들여 읽어볼 필요가 없기 때문이다.

따라서 제목에서는 색다른 내용이란 것을 보여줄 필요가 있다. 다른 비슷한 글과 달리 이 글에는 무언가 특별한 내용이 담겨 있다는 것을 보여 주어야 한다. 여러 가지 방법이 있겠지만 어울리지 않는 단어의 조합으로도 색다른 맛과 무언가 다르다는 느낌을 줄 수 있다. 무엇을 열 가지로 정리하는 것도 좋은 방법이다.

> 학문적인 내용에 누구나 쉽게 익혀 써먹을 수 있다는 뜻을 내포한 '기술'이란 단어를 붙여 무언가 다르다는 점을 보여 주는

글쓰기 정석

책 제목들이다

- 지적인 생산 기술
- 공부기술
- 문장기술

색다른 내용으로 여느 글과 다른 무언가 특별한 내용이 있다는 것을 보여 주는 제목

- 맛있게 먹으면서 살 빼기
- 맨 얼굴 미인은 그냥 되지 않는다 '쌩얼 비법'
- 펀드 투자 - 산책 나온 개에게 속지 말자
- '비상'이 더 큰 '비상'을 부른다
- 타짜들이 전하는 진정한 고수
- 첫눈에 반하게 하는 10가지 방법
- 문장의 십계명

내용이 정확한
것이어야 한다

    제목이 독자의 흥미를 끌 수 있어야 한다고 해서 본문의 내용과 동떨어져서는 안 된다. 만약 제목이 본문의 내용과 다르다면 사기나 마찬가지다. 인터넷에는 독자를 유혹하기 위한 제목이 눈에 많이 띈다. 지하철역이나 길거리 가판대 등에서도 독자를 현혹하기 위해 지나치게 자극적인 제목을 단 잡지나 책 등을 가끔 볼 수 있다. 그러나 이런 것은 매체의 신뢰도를 심각하게 떨어뜨리는 일이다.

    특히 다소 가벼운 것을 다루는 블로그·페이스북 등 온라인상에서는 손님을 끌기 위해 내용은 별것 없더라도 제목을 거창하게 달고 싶은 유혹을 느끼게 된다. 소위 '뻥튀기 제목'이 그것이다. 하지만 이런 충동은 가급적 자제하는 것이 바람직하다. 일회성으로 많은 클릭 수를 기록할지는 모르지만 독자가 속았다는 기분이 들면 이후에는 그곳을 찾지 않는다. 특히 요즘 유튜브 등에서는 사기성 제목이 적지 않다. 클릭이 바로 수익과 직결되기 때문에 이러한 사기성 제목이 점점 늘어나고 있어 이용자들의 인상을 찌푸

리게 하고 있다.

흥미롭거나 재미있는 표현으로 독자가 읽고 싶은 마음이 들게 만들어야 하지만 그것이 지나쳐 과장되거나 사기성 짙은 제목을 붙인다면 자신의 매체를 스스로 망가뜨리는 일이다. 이런 제목은 그 사람의 인격까지 의심하게 만든다. 흥미를 유발하거나 호기심을 자극할 수 있는 정도여야지 제목이 거짓말이나 속임수여서는 안 된다. 제목과 내용은 일치해야 한다는 것이 제목의 기본전제다.

05 공간에 맞는
길이여야 한다

신문사에서는 담배를 피면서 손가락을 하나둘셋 꼽아보는 사람이 늘 있다. 제목을 다는 편집자들이다. 제목은 항상 들어갈 수 있는 칸이 제한돼 있기 때문에 그 글자 수에 맞추기 위해 머리를 짜고 또 짜낸다. 제목을 달기 어려운 것은 이처럼 항상 위치할 공간이 제한적이므로 그에 맞추어 작성해야 한다는 점이다.

너무 짧아 내용을 파악할 수 없는 것도 곤란하지만 너무 길어 정해진 공간에 다 들어가지 못하는 제목도 무의미하다. 무슨 글이든 제목이 들어갈 수 있는 공간은 제한돼 있다. 공간에 맞춰 가능하면 한 줄로 처리해야 한다. 두 줄로 처리하면 시각적으로 보기에 좋지 않고 읽기 불편하다. 제목을 달기가 어려운 것은 짧아야 하기 때문이기도 하다.

특히 블로그 등 온라인상에서는 홈에 노출될 때 정해진 공간에 다 들어갈 수 있게끔 제목을 작성해야 한다. 홈에 노출되는 제목의 길이가 얼마나 되는지 가늠해 보고 그에 맞게 제목을 달아야 한다. 그 길이가 몇 자인지 평소에 파악해 두고 그에 맞춰 제목을 작성하는 버릇을 들이는 것이 좋다. 제목이 길면 뒷부분이 잘려나가 무슨 말인지 알 수 없게 되므로 그만큼 독자를 끌어들이기 어렵게 된다.

하루에도 수없이 쏟아져 들어오는 이메일 역시 제목을 보고 읽을지 말지 결정하는 경우가 대부분이다. 따라서 제목이 잘려 들어가지 않게끔 적당한 길이로 쓰는 것이 중요하다. 아무리 제목을 잘 달더라도 뒷부분이 잘려나가 다 보이지 않는다면 의미가 없다. 쓰레기(스팸)메일로 취급되지 않기 위해 자신을 알아볼 수 있는 말을 제목에 넣었다 해도 그 부분이 잘려나가면 그 또한 쓰레기통으로 직행할 운명에 처하기 십상이다.

06 그 부분의 주제로
소제목을 삼아라

제목에는 큰제목과 작은제목(소제목)이 있다. 큰제목이란 전체를 통괄하는 가장 큰 글자의 제목을 가리킨다. 소제목은 큰제목 아래에 붙는 제목을 일컫기도 하고 본문의 중간중간에 달리는 제목을 가리키기도 한다. 큰제목 아래 붙여진 소제목은 큰제목을 보충하는 기능을 하므로 큰제목과 연관 지어 전체 내용을 함축하면 된다.

글의 중간중간에 달리는 소제목은 그 부분의 주제로 제목을 삼는 것이 좋다. 그 부분의 내용을 요약해도 된다. 글의 중간에 달리는 소제목은 글이 길어 지루해지는 것을 막을 뿐 아니라 핵심 내용을 요약해 보여줌으로써 내용을 쉽게 이해하도록 해주는 기능을 한다. 글 중간에 달리는 소제목은 지나치게 많아도 곤란하다. 500자당 하나 정도가 적당하다.

(큰제목) **발바리의 추억**

　개의 종류에는 여러 가지가 있지만 우리에게 익숙한 이름은 멍멍이 아니면 발바리다. 구체적으로 품종을 따지기보다 개의 특징인 멍멍대는 소리와 발발거리는 습성에서 따온 말이다. 발바리는 정확하게 따지면 중국이 원산지로 몸이 작고 다리가 짧은 개를 가리킨다고 한다. 그러나 일반적으로는 시골에서 흔히 볼 수 있는 잡종견을 이르는 말이다.

　발바리는 별로 중요한 볼일도 없이 경망스럽게 여기저기 잘 돌아다니는 사람을 비유적으로 이르는 말이기도 하다. 개가 동네를 발발거리고 돌아다니는 모습을 연상해 나온 말이라 볼 수 있다. 개들은 동료나 짝을 찾아 틈만 나면 발발거리고 돌아다니기 때문이다. 발바리는 특히 닥치는 대로 여자들의 꽁무니를 졸졸 따라다니는 남자에게 쓰이기도 한다.

(중간제목) **'발바리'는 우리에게 친숙한 이름**

　1980년대 말에는 스포츠 신문에 연재된 강철수의 만화 '발바리의 추억'이 많은 인기를 끌었다. 치켜 선 더벅머리에 굵은 가로줄 검정무늬 티셔츠와 청바지 차림을 한 발바리(본명 달호)가 매번 다른 여자들을 만나면서 새로운 경험을 하고 하나씩 사회에 눈을 떠 가는 내용이다. 여자들을 대할 때마다 짓는 그의 야릇한 미소가 눈에 선하다. 이 만화는 나중에 같은 이름의 영화로도 만들어졌고 '발바리'는 우리에게 더욱 친숙한 이름이 됐다.

요즘 난데없이 여기저기서 발바리 소식이다. 대전발바리, 시흥발바리, 서울발바리, 마포발바리, 용인발바리, 원조발바리……. 발발거리며 동네를 돌아다니는 개도 아니고, 별 볼일 없이 경망스럽게 돌아다니는 사람도 아니며, 여자들의 꽁무니를 졸졸 따라다니는 바람둥이도 아니다. 이들은 모두 흉악한 연쇄 강간범에게 붙은 이름이다.

(중간제목) 강간범에게 '발바리'는 어울리지 않아

경찰 수사반이 부르던 '발바리'라는 속칭이 언론을 통해 알려지면서 연쇄 강간범을 지칭하는 말로 급속히 자리 잡았다. 그러나 인면수심의 연쇄 강간범에게 '발바리'라는 표현은 맞지 않다. 우리가 지금까지 사용해 오고 머리에 새겨진 '발바리'라는 개념에는 범죄 이미지가 없기 때문이다. 오히려 '발바리'라는 이름이 친근하게 들리기까지 한다.

연쇄 강간범에게 붙은 '발바리'라는 표현은 문제가 있다. 용어 자체가 주는 어감 때문에 사회적 경계심을 느슨하게 할 뿐 아니라 범인에게는 죄의식을 무디게 할 소지가 다분하다. 죄의식이 무뎌지면 모방범죄가 일어날 가능성도 그만큼 커진다. 이러다가 미해결의 연쇄 강간범 이야기를 다룬 '발바리의 추억'이란 영화가 다시 나올지도 모르겠다. 말 같지도 않은 영화 제목이었던 '살인의 추억'처럼 말이다.

-배상복, '발바리의 추억'

07 지나친 명사 나열을 피하라

제목을 보면 명사로만 나열된 경우가 적지 않다. 이것은 불가피한 측면이 있기는 하다. 제목을 달 수 있는 공간은 한정돼 있는데 집어넣어야 하는 내용은 많다 보니 완전한 문장을 구성하지 못하고 명사로만 나열하게 되는 것이다. 특히 기획서나 보고서 등을 보면 좁은 공간에 많은 내용을 집어넣으려고 내용을 압축하다 보니 명사로만 나열된 제목이 허다하다.

그러나 조사나 서술어 없이 명사만 나열하다 보면 읽기 힘들고 내용을 이해하기도 쉽지 않다. 공간이 허락하지 않는다면 달리 방법이 없긴 하지만 그런 경우가 아니라면 가급적 서술성을 살려 읽기 편하고 이해하기 쉽게 제목을 달아야 한다. 다음은 제목의 서술성을 조금씩이나마 살려놓은 것이다.

> 하루 30분 걷기 운동 효과 충분
> ✎ 하루 30분 걷기만 해도 운동 효과 충분

만병의 근원 스트레스 관리 중요

✎ 만병의 근원인 스트레스 관리가 중요

탈모 고민 희소식

✎ 탈모로 고민하는 사람들에게 희소식

고객과의 감성적 소통, 기업 신뢰 제고

✎ 고객과의 감성적 소통이 기업 신뢰 높여

낮은 인지도 개선 효과 기대

✎ 낮은 인지도를 개선하는 효과 기대

손톱 모양·색깔, 건강의 척도

✎ 손톱 모양·색깔은 건강을 알려 주는 척도

건강보조식품 지나친 의존 곤란

✎ 건강보조식품에 지나치게 의존하지 말아야

청년실업 해결 경제성장 필수

✎ 청년실업을 해결하기 위해선 경제성장이 필수적

품격 있는 문장을 구사하라

"

제 6 장

아무리 좋은 내용을 담고 있고 흥미로운 제목을 달았다고 하더라도 글로서의 품격이 떨어진다면 독자는 결코 좋은 평가를 내리지 않을 것이다. 글의 품격을 떨어뜨리는 요소 가운데 대표적인 것이 상투적인 표현과 구어체다. 상투적인 표현은 판에 박은 듯하고 흔해 빠진 표현을 일컫는다. 구어체란 일상 대화에서나 쓰는 표현을 가리킨다.

아무리 좋은 내용을 담고 있고 흥미로운 제목을 달았다고 하더라도 글로서의 품격이 떨어진다면 독자는 결코 좋은 평가를 내리지 않을 것이다. 글의 품격을 떨어뜨리는 요소 가운데 대표적인 것이 상투적인 표현과 구어체다. 상투적인 표현은 판에 박은 듯하고 흔해 빠진 표현을 일컫는다. 구어체란 일상 대화에서나 쓰는 표현을 가리킨다.

글에서 상투적인 표현이나 말을 그대로 옮겨 온 듯한 서술이 나온다면 글로서의 가치를 지니기 어렵다. 주의를 기울이지 않고 써 내려가다 보면 이러한 표현으로 읽는 맛을 떨어뜨리는 경우가 많다. 어떤 글쓰기 책에는 구어체로 글을 쓰라고 나와 있는데 이는 동의하기 어려운 가르침이다. 말할 때나 쓰이는 표현으로 글을 쓴다면 글의 품위가 떨어질 수밖에 없다.

문장을 지나치게 생략하는 것도 피해야 한다. 문장 성분을 너무 생략하면 감정에 호소하거나 겉멋을 부리는 듯한 느낌을 주어 좋은 인상을 주지 못한다. 시나 SNS 댓글 등에서는 여운을 남기기 위해 서술어나 문장의 일부분을 생략하는 경우가 있지만 공식적인 글에서 이렇게 하면 글의 격이 떨어진다. 품위 있는 문장을 구사하기 위한 몇 가지 방법을 소개한다.

01
상투적 표현을
피하라

늘 듣는 말은 신선감이 떨어지게 마련이다. 이런 말을 상투적 표현이라고 한다. 즉 판에 박은 듯한 말투나 흔해 빠진 표현이 상투적인 표현이다. 옛날부터 늘 써 온 표현으로 고리타분하게 느껴지는 말을 가리킨다. 상투적인 표현을 쓰면 무엇보다 글이 늘어지고 읽는 맛이 떨어진다. 늘 들어 온 말이라 마음속에 오래 남지 않을뿐더러 읽는 사람에게 감동을 주지도 못한다. 또 자기 생각 없이 그저 누구나 생각할 수 있고 말할 수 있는 것을 늘어놓는 것으로 비칠 수 있다.

'-라 할 것이다' '-라 아니할 수 없다' '-를 연출했다' '-결과가 주목된다' 등이 흔히 쓰이는 표현으로 신선감이 떨어지며 읽는 이를 싫증나게 만든다. '-에 다름 아니다' '-을 요한다' '-에 갈음한다' '-에 값한다' '-에 틀림없다' 등은 일본식 표현일 뿐 아니라 말을 늘어뜨려 읽는 맛을 없앤다. '-을 필요로 한다' '-이 요구된다'도 영어식 표현에서 온 고리타분한 말이므로 가급적 사용하지 않는 것이 바람직하다. '-하여' '-되어' 등 말로는 요즘 거의 쓰지 않는 문어체적 표현도 글을 늘어뜨리고 따분한 느낌을 주므로 '-해' '-돼'로 쓰는 것이 좋다.

특히 글의 첫머리에서 자주 나오는 '살펴보기로 하자' '알아보기로 하겠다' '어떻게 생각해야 할까' 등의 표현도 진부해 글을 읽고 싶은 마음을 떨어뜨린다. 이런 표현은 옛날부터 지금까지 남들이 너무나 많이 써온 말이라 신선감이 떨어진다. 글의 첫인상이라고 할 수 있는 서두에서 이처럼 틀에 박힌 표현이 나오면 전체 글을 읽어 보고 싶은 마음이 뚝 떨어지므로 주의해야 한다.

'사오정' '오륙도' 등의 말은 직장인들의 고용환경이 얼마나 불안한가를 대변해 주는 씁쓸한 유행어라 할 것이다.

✎ '사오정' '오륙도' 등의 말은 직장인들의 고용환경이 얼마나 불안한가를 대변해 주는 씁쓸한 유행어다.

구조조정이란 그럴싸한 말에 감춰진 또 다른 의미의 대량해고에 다름 아니다.

✎ 구조조정이란 그럴싸한 말에 감춰진 또 다른 의미의 대량해고나 다름없다.

✎ 구조조정이란 그럴싸한 말에 감춰진 또 다른 의미의 대량해

고다.

이 같은 우려가 현실로 나타난 것은 안이한 행정의 표본이라 아니할 수 없다.

✎ 이 같은 우려가 현실로 나타난 것은 안이한 행정의 표본이다.

솔직한 대화로 시종일관 화기애애한 분위기를 연출했다.

✎ 솔직한 대화로 시종일관 화기애애한 분위기였다.

남보다 앞선 투자로 경쟁자들에게 추격 기회를 허용하지 않는 도전정신을 필요로 한다.

✎ 남보다 앞선 투자로 경쟁자들에게 추격의 기회를 허용하지 않는 도전정신이 필요하다.

이달 매출은 지난달에 비하여 다소 축소되었지만 여전히 두 자릿수 증가세를 유지하였다.

☰ '-되어' '-하여'는 말로는 거의 쓰지 않는 표현으로 논문 등 학자들의 글에서나 볼 수 있다. 일반 글에서 이런 표현이 나오면 글이 늘어지고 진부한 느낌을 주어 맛이 떨어진다.

✎ 이달 매출은 지난달에 비해 다소 축소됐지만 여전히 두 자릿수 증가세를 유지했다.

02 구어체적 표현을 삼가라

말하듯 자연스럽게 글을 쓰라는 얘기를 들어봤을 것이다. 그렇다면 입에서 쓰는 말을 그대로 옮기면 되는 것일까? 그건 아니다. 그것은 말하듯이 자연스럽게 글이 굴러가야 한다는 것을 뜻한다. 말하는 것과 똑같이 글을 쓰라는 것이 아니다. 말하듯이 자연스럽게 글을 써야 하지만 말과 글이 같을 수는 없다. 말할 때는 지나친 줄임말이 쓰이기도 하고 특이한 표현이 사용되기도 한다. 그러나 글에서는 이런 구어체적 표현이 나오면 맛이 뚝 떨어진다.

글의 문장은 말보다 완전하고 체계적이어야 하며 높은 완성도로 세련된 맛을 살려야 한다. 글에서 말을 그대로 옮겨 온 듯한 표현이 나온다면 고리타분한 느낌을 주어 신선감이 떨어질 수밖에 없다. 구어체적 표현이 많은 글은 글로서 가치를 지니기 어렵다. 어린이나 저학년 학생이 쓴 글일수록 구어체적 표현이 특히 많이 나온다. 구어체 표현이 많은 글은 유치해 보일 수도 있다.

자신의 잘못을 인정 안 하는 사람은 발전이 없다.

📋 '인정 안 하는'은 구어체이므로 '인정하지 않는'으로 적어야 한다.

✎ 자신의 잘못을 인정하지 않는 사람은 발전이 없다.

연예인에게 도덕적 완벽성을 기대하는 심리가 이해 안 되는 것은 아니다.

📋 '이해 안 되는'은 '이해되지 않는'이 정상적인 표현이다.

✎ 연예인에게 도덕적 완벽성을 기대하는 심리가 이해되지 않는 것은 아니다.

중국의 추격세가 언제까지 이어질지 누구도 장담 못 한다. 경계를 안 늦추고 지속적으로 신제품을 개발하는 것만이 경쟁에서 이기는 길이다.

📋 '장담 못 한다'는 '장담하지 못한다', '안 늦추고'는 '늦추지 않고'로 표현하는 것이 적절하다.

✎ 중국의 추격세가 언제까지 이어질지 누구도 장담하지 못한다. 경계를 늦추지 않고 지속적으로 신제품을 개발하는 것만이 경쟁에서 이기는 길이다.

기업들이 돈이 없어서, 금융비용이 부담이 돼서 투자를 안 하는 것이 아니다.

🗒 말할 때는 '없어서' '돼서' '-해서' 등처럼 '서'를 이용해 리듬을 살리곤 하지만 글에서는 군더더기로 글을 늘어뜨려 보기에 좋지 않다.

✎ 기업들이 돈이 없어, 금융비용이 부담이 돼 투자를 하지 않는 것이 아니다.

✎ 기업들이 돈이 없거나 금융비용이 부담이 돼 투자를 하지 않는 것이 아니다.

미니돔은 무과금 유저도 콘텐츠를 즐길 수 있게 해놨다. 지인이나 가족에게도 재밌다는 평가를 받았다.

🗒 '해놨다' '재밌다'는 말을 할 때 쓰는 줄임말이지 글을 쓸 때는 적절하지 않다.

✎ 미니돔은 무과금 유저도 콘텐츠를 즐길 수 있게 해놓았다. 지인이나 가족에게도 재미있다는 평가를 받았다.

근데 어쩜 그리 답답할 수가 있을까. 한 가지만 생각기보담은 좀 더 넓게 바라볼 수 있으면 좋을 텐데.

🗐 '근데' '어쩜'과 '-보담은'은 말할 때나 쓰지 글에서는 어울리지 않는다.

✏️ 그런데 어쩌면 그리 답답할 수가 있을까. 한 가지만 생각기보다는 좀 더 넓게 바라볼 수 있으면 좋을 텐데.

03 쉼표가 많으면
지저분해진다

　글에서 쉼표를 많이 찍을수록 좋은 것으로 생각하는 사람이 있다. 그러나 그것은 착각이다. 아무리 내용이 좋더라도 쉼표가 많으면 읽기 불편하고 내용을 이해하는 데 방해가 된다. 기본적으로 쉼표는 쉬어가라는 표시이므로 그 부분에서 글의 흐름이 끊기게 된다. 그럼에도 쉼표를 남용하는 사람이 의외로 많다.

　접속어나 부사어 다음뿐 아니라 심지어는 주어 다음에 쉼표를 찍는 사람도 있다. 하지만 쉼표가 있는 곳에서 무의식적으로 잠시 멈추는 시간을 갖게 되기 때문에 문장이 토막 나게 된다. 또한 쉼표가 많으면 의미의 단락을 구분하기 힘들어 오히려 이해하기 어렵게 된다. 쉼표가 많으면 시각적으로도 지저분해 보인다.

　쉼표를 남용하는 것은 아마도 쉼표를 찍어야 무언가 의미가 강조되는 것처럼 느껴지기 때문이 아닐까 생각된다. 그러나 이는 오해에서 비롯된 것이다. 쉼표가 많으면 오히려 글을 읽는 데 방해가 된다. 따라서 구절을 대등하게 나열하거나 문장이 지나치게 길어 한 번 끊어 줄 필요가 있을 경우 등을 제외하고는 쉼표를 절제해야 한다. 글을 쓰다 막히면 습관적으로 쉼표를 찍거나 문장을 끝낼 만한 자리에 쉼표를 찍으면서 이야기를 계속 이어 가는 사람이 적지 않다. 심지어는 글쓰기를 가르치는 책에서도 쉼표를 남용하는 것을 가끔 볼 수 있다.

> 개인을 평등하게만 대하는 태도는, 서로간의 차이를 간과하는 불평등한 대우다. 예를 들어, 아무리 비슷한 능력을 가진 학생이라도, 경제적 어려움으로 사교육을 받지 못하는 학생과, 최고급 과외를 받는 학생 사이에 차이가 존재하는 것은 당연하다.
>
> 🗐 불필요한 쉼표가 곳곳에서 문장의 흐름을 방해하고 있다.
>
> ✎ 개인을 평등하게만 대하는 태도는 서로 간의 차이를 간과하는 불평등한 대우다. 예를 들어 아무리 비슷한 능력을 가진 학생이라도 경제적 어려움으로 사교육을 받지 못하는 학생과 최고급 과외를 받는 학생 사이에 차이가 존재하는 것은 당연하다.

> 이 책은 서양뿐 아니라, 인도, 일본, 중국 사회까지 다루고 있어, 성의 역사에 대해 폭넓게 조망할 수 있다는 것이 강점이다.
>
> 🗐 쉼표가 의미의 단락을 구분하기 어렵게 만들고 있다. 필

요 없는 쉼표는 없애고 단순한 단어 나열에는 가운뎃점을 사용해야 일목요연해진다.

✎ 이 책은 서양뿐 아니라 인도·일본·중국 사회까지 다루고 있어 성의 역사에 대해 폭넓게 조망할 수 있다는 것이 강점이다.

이번에 출시하는 제품은, 우리 회사의 기술력이 집약된, 독창적이고 참신한 기능들이 대거 탑재돼 한국인의 문서 작성에 가장 적합한 오피스 제품이다. 신제품 출시를 계기로, 공공기관 및 대기업 등 다양한 기존 고객들을 기반으로, 새로운 시장 개척에 더욱 박차를 가해, 올해 매출 100억 원을 달성할 계획이다.

🗐 쉼표가 문장의 흐름을 방해함으로써 읽기 불편한 글이 됐다. 쉼표를 모두 없애는 것이 낫다.

✎ 이번에 출시하는 제품은 우리 회사의 기술력이 집약된 독창적이고 참신한 기능들이 대거 탑재돼 한국인의 문서 작성에 가장 적합한 오피스 제품이다. 신제품 출시를 계기로 공공기관 및 대기업 등 다양한 기존 고객들을 기반으로 새로운 시장 개척에 더욱 박차를 가해 올해 매출 100억 원을 달성할 계획이다.

접속어를
남용하지 마라

학교 다닐 때 글쓰기 수업에서 문장과 문장을 연결할 경우 적절한 접속어를 넣어 주어야 한다고 배운 기억이 난다. 단락과 단락을 연결할 때도 접속어를 넣어 부드럽게 이어 주라고 배웠다. 시험을 볼 때는 '다음 괄호 안에 적절한 접속어를 넣으시오'라는 문제가 있었다. 그때는 당연히 그래야 하는 것으로 알고 있었지만 지금은 생각이 완전히 바뀌었다. 반대로 문장과 문장, 단락과 단락을 연결할 때 가급적 접속어를 쓰지 말라고 강조하고 다닌다.

접속어는 문장과 문장, 단락과 단락을 부드럽게 이어주는 역할을 하는 것은 사실이다. 그러나 접속어는 꼭 필요한 경우에만 사용해야지 남용하면 오히려 군더더기가 돼 문장을 늘어뜨리고 볼품없게 만든다. 글쓰기 훈련이 돼 있지 않은 사람일수록 접속어를 많이 쓴다는 특징이 있다. 초등학교 저학년 학생들의 글을 보면 온통 접속어로 가득한 경우가 많다.

카이사르(시저)가 말한 "왔노라. 보았노라. 이겼노라"처럼 특히 일이 순서대로 진행될 때는 접속어가 글의 긴장감을 떨어뜨리므로 없애는 게 낫다. 문장을 연결할 때 가능하면 접속어 없이 이어주는 버릇을 들여야 한다. 단락을 시작할 때도 접속어를 사용하지 않고 앞 단락과 뒤 단락이 꼬리에 꼬리를 물고 이어지도록 하는 게 바람직하다. 접속어가 많다는 것은 문장이나 단락의 연결성과 논리성이 부족하다는 얘기도 된다. 가급적 접속어 없이 물 흐르듯 굴러가도록 만들어야 한다. '그리고' '그런데' '그래서' 등의 접속사는 없어도 무방한 경우가 대부분이다.

더는 기다릴 수 없어 실무자에게 전화를 했다. 그런데 마침 그는 자리에 없었다.

📋 '그런데'는 화제를 앞의 내용과 관련시키면서 다른 방향으로 이끌어 나갈 때 쓰는 접속 부사다. 말할 때는 관계없으나 글에서는 읽는 맛과 긴장감을 떨어뜨리는 경우가 있다.

✎ 더는 기다릴 수 없어 실무자에게 전화를 했다. 마침 그는 자리에 없었다.

✎ 더는 기다릴 수 없어 실무자에게 전화를 했지만 마침 그는 자리에 없었다.

어젯밤 과음으로 늦잠을 잤다. 그래서 회사에 지각했다. 그러나 다행히 상사에게 혼나지는 않았다.

📋 접속사 '그래서' '그러나'가 문장을 부드럽게 이어 주는 것으로 생각하기 쉬우나 사실은 군더더기로 문장을 늘어지게 만드는 경우가 많다. 특히 일이 순서대로 진행될 때는 접속사가 글의 긴장감을 떨어뜨리므로 없애는 게 낫다.

✎ 어젯밤 과음으로 늦잠을 잤다. 회사에 지각했다. 다행히 상사에게 혼나지는 않았다.

직장생활에서 동료들은 협력자인 동시에 경쟁자이기도 한 이상한 구도다. 따라서 경쟁과 협조 속에서 자신이 성장하려면 그들보다 더 뛰어난 자질과 실력을 갖추고 그들에게서 적절한 협조를 이끌 수 있는 리더십이 요망된다. 그러므로 이러한 일련의 행위들을 추구하기 위해서는 주어진 일뿐 아니라 한두 가지 파생 업무를 추구해 부가가치를 생산하는 것이 중요하다.

📋 '따라서' '그러므로'로 문장을 연결하고 있으나 이야기의 흐름상 없어도 무방한 접속어다.

✎ 직장생활에서 동료들은 협력자인 동시에 경쟁자이기도 한 이상한 구도다. 경쟁과 협조 속에서 자신이 성장하려면 그들보다 더 뛰어난 자질과 실력을 갖추고 그들에게서 적절한 협조를

이끌 수 있는 리더십이 요망된다. 이러한 일련의 행위들을 추구하기 위해서는 주어진 일뿐 아니라 한두 가지 파생 업무를 추구해 부가가치를 생산하는 것이 중요하다.

05

완결된
문장을 써라

'어떻게 하란 말이냐? 이 일'처럼 시나 문학작품의 특징 가운데 하나는 문장을 도치하거나 완결되지 않은 문장을 구사하는 것이다. 작가의 감정 또는 심리 상태를 표현하거나 여운을 남기기 위한 의도다. 이처럼 주관적이고 정서적인 글이나 웅변과 같이 특수한 목적을 지닌 글에서는 완결되지 않은 문장을 쓰는 것이 유용한 표현이 될 수도 있다. 그러나 일반 글이나 기획서·보고서 등과 같이 객관적이고 논리적인 글에서는 가급적 불완전한 문장을 피해야 한다. 감정에 호소하거나 겉멋을 부리는 듯한 인상을 주기 때문이다.

글이란 항상 성격과 목적에 어울리는 표현을 써야 한다. 어떤 글에서는 읽는 사람에게 강한 인상과 여운을 남겨 주는 표현이 다른 글에서는 경박하거나 유치한 인상을 줄 수도 있다. 수필이나 소설 등과 같이 표현이 목적인 글에서는 완결된 형식을 갖추지 않은 문장이 쓰는 사람의 주관적 감정을 섬세하게 드러낼 수도 있다. 하지만 객관적이고 논리적인 글에서는 완결된 문장 형식을 갖추어야 한다. '~한다는.' '~했다는.' '어찌 해야 할지……' 등도 이런 표현에 속한다.

한시라도 늦추어선 안 된다. 신제품 개발을.

☰ 목적어를 떼어 내 강조한 듯한 표현이지만 객관적이고 논리적인 글에서는 곤란하다.

✎ 신제품 개발을 한시라도 늦추어선 안 된다.

써 볼 만한 방법은 모두 동원했는데 이제 어찌해야 할지…….

☰ 말줄임표로 문장을 끝내는 것은 시·소설·수필에서나 어울린다.

✎ 써 볼 만한 방법은 모두 동원했는데 이제 어찌해야 할지 모르겠다.

그는 크게 실망했다. 이러한 결과가 오리라고는 전혀 예상하지 못했던 것.

☰ 서술어를 생략하고 명사로 문장을 끝내 어설프다.

✎ 그는 크게 실망했다. 이러한 결과가 오리라고는 전혀 예상하

지 못했기 때문이다.

상품의 허위·과장 광고, 불공정 거래 행위, 불량 식품의 증가. 소비자가 올바른 선택을 하는 데 어려움을 겪는 요소가 한둘이 아니다.

目 강조하기 위해 이처럼 어구로 문장을 끝낼 수도 있으나 일반적으로는 한 문장 안에서 모두 소화하는 것이 바람직하다.

✎ 상품의 허위·과장 광고, 불공정 거래 행위, 불량 식품의 증가 등 소비자가 올바른 선택을 하는 데 어려움을 겪는 요소가 한둘이 아니다.

06 용어를 일관되게 사용하라

글을 쓰다 보면 같은 내용의 용어가 반복되는 경우가 많다. 이럴 때 줄임말을 썼다가 줄이지 않은 말을 썼다가 하거나 영어를 썼다가 한글을 썼다가 하는 등 용어를 이랬다저랬다 하는 경우가 있다. 즉 같은 내용의 용어가 한 가지로 쓰이지 못하고 왔다 갔다 하는 예가 적지 않다.

용어가 일관되게 쓰이지 못하면 읽는 사람을 혼란스럽고 짜증나게 할 수 있다. 또 긴 용어를 반복해 쓰면 눈에 거슬려 불편하게 느껴진다. 이런 경우 처음에는 전체 이름을 적은 뒤 다음부터는 줄임말을 사용해 써 내려가는 것이 좋다. 영어 약자가 나올 경우에는 우리말 우선 원칙에 따라 우리말로 먼저 풀이하고 뒤에서는 약어로 받으면 된다.

> 노사정위원회는 1998년 1월 15일 발족됐다. 노사정 당사자가 대등한 입장에서 근로자의 고용안정과 근로조건에 관한 노동정

책 및 관련된 산업·경제·사회정책 등에 관해 협의하는 기구로, 국가경쟁력 강화 및 사회통합의 실현을 통한 국민경제의 균형 발전을 꾀하기 위해 설치했다. 노사정위는 발족 이후 노사정 대타협을 통해 국가 위기 극복의 계기를 마련했으며, 교원노조의 합법화 등 합의사항의 구체적 실천방안을 마련하기도 했다. 노사정위 조직은 각종 의제의 최종심의와 의결을 담당하는 본위원회와 주요 의제의 사전 검토와 조정을 담당하는 상무위원회 등으로 구성돼 있다.

📄 이처럼 처음에는 '노사정위원회'로 전체 이름을 밝힌 뒤 뒤에서는 줄임말인 '노사정위'로 일관되게 사용하면 된다.

조류인플루엔자(AI)는 조류에 감염되는 급성 바이러스성 전염병으로, 주로 닭과 칠면조 등 가금류에 많은 해를 입힌다. 농림부는 최근 '조류독감'이 혐오감을 준다고 해 이름을 '조류인플루엔자'로 변경해 사용키로 했다. 조류인플루엔자가 발생하면 감염된 조류는 전량 도살 처분하며, 발생 국가에서는 양계산물을 수출할 수 없게 된다. 따라서 조류인플루엔자가 의심되면 즉시 방역기관에 신고해야 한다. 일반인들도 조류인플루엔자에 걸리지 않기 위해서는 손을 자주 씻고, 환기를 잘 시키며, 호흡기 증상이 있는 사람과는 접촉하지 않는 것이 좋다.

글쓰기 정석

📋 맨 앞에서 '조류인플루엔자(AI)'라 적고 뒤에서는 영어 약자인 'AI'로 간단하게 써 내려가는 것이 가장 합리적인 방법이고 보기에도 좋다.

✎ 조류인플루엔자(AI)는 조류에 감염되는 급성 바이러스성 전염병으로, 주로 닭과 칠면조 등 가금류에 많은 해를 입힌다. 농림부는 최근 '조류독감'이 혐오감을 준다고 해 이름을 '조류인플루엔자'로 변경해 사용키로 했다. AI가 발생하면 감염된 조류는 전량 도살 처분하며, 발생 국가에서는 양계산물을 수출할 수 없게 된다. 따라서 AI가 의심되면 즉시 방역기관에 신고해야 한다. 일반인들도 AI에 걸리지 않기 위해서는 손을 자주 씻고, 환기를 잘 시키며, 호흡기 증상이 있는 사람과는 접촉하지 않는 것이 좋다.

존칭이나 존대 표현에 주의하라

요즘 들어 말이나 글에서 나타나는 두드러진 특징 가운데 하나가 존칭을 남발하는 것이다. "바쁘신 분임에도 불구하시고 활동도 많이 하시고 좋은 일도 많이 하시고 계시다"가 이런 예다. 마치 존칭을 많이 붙여야 교양 있는 사람인 것처럼 잘못 인식돼 있는 게 아닌가 싶을 정도다. 존칭의 남발은 우리말 체계를 무너뜨리는 일일 뿐 아니라 비효율적인 언어활동이라 할 수 있다. 불필요한 곳에 존칭을 마구 쓴다면 간결성이 최우선인 언어의 가치를 떨어뜨리는 일이기도 하다.

글 속에서 어떤 사람에 대해 언급할 때 '그분' '-님' '-께서' '-하셨다' '-시-' 등 존대를 나타내는 표현을 불필요하게 쓰는 것이 이에 속한다. 글을 쓰는 사람이 사적으로 그를 존경하고 있다는 표시이지만 꼭 필요하지 않은 경우가 적지 않다. 주관적이고 정서적인 성격이 강한 글에서는 이러한 표현이 가능하지만 객관적이고 논리적인 글에서는 삼가야 한다.

존대 표현을 사용하면 글이 사적인 감정에 좌우되는 듯한 느낌을 줄 수 있다. 객관적이고 논리적인 글에서는 이처럼 감정이 개입된 듯하면 신뢰성이 떨어진다. 존대 표현을 마구 사용하면 독자를 고려하지 않은 듯한 느낌을 주기도 한다. 글 쓰는 사람이 그를 존경한다고 해서 읽는 사람이 모두 그를 존경하는 것은 아니기 때문이다.

이것에 대해서는 홍길동 교수님이 지난해 발표하신 논문을 참고하는 게 좋다.

目 사적으로는 '교수님'이라 불러야겠지만 독자는 다르다. 일반적 호칭인 '교수'라고 해야 한다.

✎ 이것에 대해서는 홍길동 교수가 지난해 발표한 논문을 참고하는 게 좋다.

그 프로젝트는 직속 부장님이 아니라 실무 부장님의 지시를 받고 있어 마음이 편치 않았다.

目 일반적으로 언급할 때는 '부장님'이 아니라 '부장'이 적절하다.

✎ 그 프로젝트는 직속 부장이 아니라 실무 부장의 지시를 받고 있어 마음이 편치 않았다.

사장님께서는 해외 영업을 직접 총괄하면서 현지 법인에 많은 지원을 해 주고 계시다.

▤ 회사 사보에 기고하는 글이라면 이처럼 자기 회사 사장에게 존칭을 쓰는 것이 당연하겠지만 제3자를 대상으로 한 글에서는 몹시 어색하다.

✎ 사장은 해외 영업을 직접 총괄하면서 현지 법인에 많은 지원을 해 주고 있다.

이순신 장군께서는 문무를 겸비한 인물이셨다. 그분의 우국충절은 '난중일기'에 잘 나타나 있다.

▤ 충무공에 대한 존경의 감정이 드러난 표현이다. 그러나 객관적이고 논리적인 글이라면 일반적인 표현을 쓰는 것이 좋다.

✎ 이순신 장군은 문무를 겸비한 인물이다. 그의 우국충절은 '난중일기'에 잘 나타나 있다.

도표를 적절하게 활용하라

08

바야흐로 이미지의 시대다. 요즘은 글의 내용 못지않게 시각적인 요소가 중요하게 작용한다. 도표와 같은 시각적인 자료는 독자의 흥미를 유발할 수 있는 요소다. 핵심적인 내용을 간추려 도표로 보여 주면 일목요연해져 글의 내용을 이해하는 데도 도움이 된다. 특히 제한된 공간에서 많은 양의 정보를 전달하기 어려운 경우 필요한 내용을 표나 그래프로 작성해 보여 주는 것이 매우 효율적이다.

최근 들어 시각적인 것을 선호하는 경향이 강해졌으므로 가능하면 도표를 많이 활용해야 한다. 신문에서도 도표, 즉 그래픽이 점점 더 늘어나고 있다. 특히 기획서·보고서 등 실용문은 도표를 활용해 보여 주면 상대방을 빠르게 이해시킬 수 있으므로 도표를 많이 활용하는 것이 좋다. 요점을 도표로 나타내도 되고, 참고할 만한 내용을 표나 그래프로 보여 주어도 된다.

특히 복잡한 내용의 경우 길게 설명해 읽는 이를 지루하게 만드는 것보다 표로 정리해 보여 주는 것이 낫다. 꼭 알아야 할 핵심 내용을 정리해 도표로 보여 줘도 되고, 핵심 사항이나 관심거리만 글로 설명하고 나머지는 도표를 활용해도 된다. 도표나 그림을 많이 이용할수록 글이 더욱 깔끔하고 일목요연해진다.

기업들이 글로벌 경쟁력 강화를 위해 적극 나서면서 2개 이상의 외국어 실력을 갖춘 구직자가 꾸준히 증가하고 있다. 온라인 리쿠르팅 업체인 잡코리아가 자사 사이트에 등록된 구직자들의 이력서를 분석한 결과 2개 외국어가 가능하다고 제시한 구직자가 늘고 있다고 밝혔다.

올 1분기 동안 신규 등록된 구직자 이력서 3만4589명 가운데 2개 외국어 구사자 비율은 2106명으로 6.1%를 차지해 지난해 같은 기간의 3.8%에 비해 2.3%포인트 늘어났다. 2개 이상 외국어 구사자는 지난해 3분기 4.0%, 4분기 4.9% 등 지속적으로 증가하고 있다. 구사 가능한 외국어로는 영어·일어 가능자가 54.0%로 가장 많았으며 다음으로 영어·중국어(10.2%), 일어·중국어(7.5%), 영어·독어(6.4%), 영어·불어(4.7%) 등의 순으로 나타났다.

실제로 잡코리아가 국내 4년제 대학생 1775명을 대상으로 조사한 결과 취업을 위해 영어 이외의 외국어 공부를 하고 있다는 응답자가 전체의 10.0%를 차지했다. 대학생 10명 가운데 1명은 자신만의 경쟁력을 갖추기 위해 제2외국어 학습에도 적극적인 셈이다.

직장인들도 외국어 실력 향상에 대한 열의가 높은 것으로 나타났다. 이 회사가 직장인 881명을 대상으로 학창시절로 돌아가면 가장 하고 싶은 일을 조사한 결과 어학실력을 쌓고 어학자격증을 취득하고 싶다는 응답자가 33.3%로 가장 많았다. 해외 어학연수를 가고 싶다는 응답도 26.4%로, 절반 이상(59.7%)이 어학실력을 다지고 싶다는 의욕을 나타냈다.

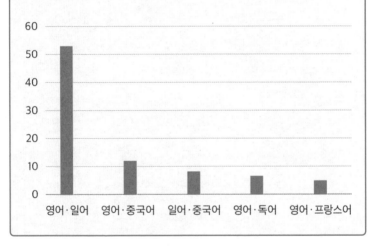

대충 써 놓고
다듬어라

제 7 장

한 번에 글을 정확하게 쓸 수 있는 사람은 거의 없다. 글 쓰
는 것을 직업으로 삼는 사람들도 글을 작성하면서 쓰고 지우
기를 반복한다. 글 쓰는 과정만큼이나 고치는 과정도 중요하
다. 일반적으로 글을 쓸 때는 원하는 양의 두세 배를 적어 내
려간 뒤 분량에 맞게 다듬어 나가는 것이 가장 쉬운 방법이다.
정성스레 다듬을수록 좋은 글이 나오게 돼 있다.

글쓰기와 관련해 일반인이 오해하는 것 가운데 하나가 전문가나 글쟁이들은 한 번에 글을 정확하게 써 내려간다고 생각하는 것이다. 천만의 말씀이다. 한 번에 글을 정확하게 쓸 수 있는 사람은 거의 없다. 글 쓰는 것을 직업으로 삼는 사람들도 글을 쓰면서 엄청난 스트레스를 받으며 쓰고 지우기를 반복한다.

　아무리 전문가라 하더라도 다 쓴 뒤에는 반드시 다듬는 과정을 거쳐야 한다. 글 쓰는 과정만큼이나 고치는 과정도 중요하다. 기자들이 쓰는 글도 사실은 여러 단계의 수정(리라이팅) 과정을 거쳐 지면에 게재된다. 원래의 팩트만 살아 있고 거의 모든 내용을 다시 쓰는 경우가 적지 않다. 일반적으로 글을 쓸 때는 원하는 양의 두세 배를 적어 내려간 뒤 분량에 맞게 다듬어 나가는 것이 가장 쉬운 방법이다.

　일단 써 내려간 뒤 분량을 조절하고, 단락을 재배치하고, 문제가 있는 부분을 고치면 남에게 충분히 읽힐 만한 한 편의 글이 완성된다. 찬찬히 읽어 보면서 부드럽게 흘러갈 때까지 요리조리

다듬다 보면 누구나 크게 부족함이 없는 글을 만들어 낼 수 있다. 정성스럽게 다듬을수록 좋은 글이 나오게 돼 있다. 이런 식으로 연습하면 글 쓰는 실력도 빠르게 는다.

전체 글에서 내용상 오류가 없어야 함은 물론이다. 내용상 문제가 없어야 할 뿐만 아니라 적확하지 않은 단어를 사용하거나 단순히 글자 하나만 틀려도 그 글은 읽는 맛이 떨어지고 신뢰를 잃게 된다. 다 쓴 뒤에는 시간이 허락하는 한 몇 번이고 꼼꼼히 읽어 보면서 잘못된 부분을 하나라도 더 고쳐야 한다. 반복해 읽어 보면서 오류를 수정하는 것과 더불어 리듬감 있고 부드럽게 흘러가도록 만들면 더욱 좋다.

자신의 글에서 문제점을 발견하고 스스로 수정하기 위해서는 문장력이 필요하다. 문장력이 없으면 단순 실수를 찾아내 수정하는 정도의 수준밖에 되지 못하므로 문장의 기본 원칙을 어느 정도 알고 있어야 한다. 문장에 관한 것은 저자의 또 다른 저서인 [문장기술]에서 깊이 있게 다루고 있으므로 여기에서는 글을 다듬는 원칙과 절차만 간단하게 소개한다.

01

빠진 부분이 없나
살펴라

글을 써 놓고 다시 읽어 보면 내용이 미흡하거나 빠뜨린 부분이 있게 마련이다. 쓸 때는 미처 생각하지 못했지만 찬찬히 다시 읽어 보면 그런 것이 쉽게 눈에 띈다. 따라서 글을 쓴 뒤에는 반드시 내용이 미흡하지는 않은지, 미처 생각하지 못해 빠뜨린 부분은 없는지 살펴보고 내용이 충실하게끔 보완하는 과정을 거쳐야 한다.

점심을 먹고 거리고 나서면 길거리 테이크아웃 커피점에 길게 늘어선 줄을 흔히 볼 수 있다. 요즘 직장인이 붐비는 골목에는 이런 커피점이 없는 곳이 없다. 이용자는 주로 20대 여성으로, 식사 후에는 으레 그 커피를 사려고 줄 서 기다리거나 들고 다니며 마신다. 어떤 커피는 보통의 점심식사와 맞먹는 돈이다. 아마도 줄을 서 있는 여성 중에는 그보다 훨씬 싼 2,3천 원짜리 김밥을 먹은 사람도 있을 것이다.

✎ 점심을 먹고 거리고 나서면 길거리 테이크아웃 커피점에 길게 늘어선 줄을 흔히 볼 수 있다. 요즘 직장인이 붐비는 골목이나 대학가에는 이런 커피점이 없는 곳이 없다. 이용자는 주로 20대 여성으로, 식사 후에는 으레 그 커피를 사려고 줄 서 기다리거나 이리저리 들고 다니며 마신다. 어떤 커피는 보통의 점심 식사와 맞먹는 돈이다. 아마도 줄을 서 있는 여성 중에는 그보다 훨씬 싼 2000, 3000원짜리 김밥이나 라면을 먹은 사람도 있을 것이다.

글쓰기 정석

02

불필요한 것을
삭제하라

무심코 쓰다 보면 불필요하게 단어나 내용이 중복된 곳이 많다. 필요 없는 것은 삭제하고 불가피하게 중복된 단어는 의미가 비슷한 다른 낱말로 바꾸어 주면 훨씬 부드럽게 굴러간다. 같은 내용이 되풀이되는 것은 한 말을 또 하는 것이므로 한쪽으로 정리해야 한다. 문장이 복잡하게 얽혀 이해하기 어려운 부분이 있을 경우에도 필요 없는 것을 삭제하고 간결하고 이해하기 쉽게 고쳐야 한다.

> 요즘 '된장녀' 논쟁이 한창이다. 스타벅스로 대표되는 외국계 브랜드의 비싼 커피를 마시는 여성들을 합리적 소비 능력이 결여된 미숙아 정도로 몰아붙이는 데서 '된장녀' 논쟁은 본격화했다. 얼마 전 한 방송이 스타벅스가 지나치게 비싼 가격으로 커피를 팔고 있다고 보도하자 그런 커피를 마시는 여성들을 '된장녀'라 비난하는 것으로 논쟁이 번졌다. 한마디로 말해 밥값보다

도 더 비싼 커피를 마시는 여성, 즉 사치와 허영이 가득한 여성이 '된장녀'다.

✎ '된장녀' 논쟁이 한창이다. 스타벅스로 대표되는 외국계 브랜드의 비싼 커피를 마시는 여성들을 합리적 소비 능력이 결여된 미숙아 정도로 몰아붙이는 데서 '된장녀' 논쟁은 본격화했다. 한 방송이 스타벅스가 지나치게 비싼 가격으로 커피를 팔고 있다고 보도하자 그런 커피를 마시는 여성들을 '된장녀'라 비난하는 것으로 논쟁이 번졌다. 한마디로 밥값보다 비싼 커피를 마시는 여성, 즉 사치와 허영이 가득한 여성이 '된장녀'다.

글쓰기 정석

단락과 단어를
다시 배열하라

다시 읽어 보면 단락의 배열이 적절하지 못하거나 단어 또는 구절의 위치가 잘못된 경우가 발견된다. 이럴 때는 전체 글의 흐름에 따라 단락을 재배치하고 이해하기 쉽게 단어나 구절의 위치를 바로잡아야 한다. 단어나 구절의 위치가 고민스러울 때는 대부분 수식되는 말 가까이에 놓으면 된다.

'된장녀'는 원래 서양 문화를 추종하고 서양 남자라면 맥을 추지 못하는 한국 여성을 일컫는 말로 이전부터 사용돼 왔다. 그러던 것이 허영심에 가득 찬 여성을 비난하는 말로 ㉠점차 쓰이게 됐다. ㉡'된장녀의 하루'라는 만화와 '된장녀 키우기'라는 게임은 '된장녀'의 개념을 더욱 구체화하면서 논란을 증폭시켰다. ㉢'된장녀'는 명품 가방을 걸치는 등 자기 치장에 지나치게 몰두하고, 테이크아웃 커피점과 패밀리 레스토랑을 즐겨 찾는 20대 여성을 지칭하는 말로 자리 잡았다.

✎ '된장녀'는 원래 서양 문화를 추종하고 서양 남자라면 맥을 추지 못하는 한국 여성을 일컫는 말로 이전부터 사용돼 왔다. 그러던 것이 ㉠점차 허영심에 가득 찬 여성을 비난하는 말로 쓰이게 됐다. ㉡'된장녀'는 명품 가방을 걸치는 등 자기 치장에 지나치게 몰두하고, 테이크아웃 커피점과 패밀리 레스토랑을 즐겨 찾는 20대 여성을 지칭하는 말로 자리 잡았다. ㉢'된장녀의 하루'라는 만화와 '된장녀 키우기'라는 게임은 '된장녀'의 개념을 더욱 구체화하면서 논란을 증폭시켰다.

-배상복, '된장녀라 부르지 마라' 중

04 내용이
정확한지 따져라

글이 정확해야 함은 두말할 필요가 없다. 아무리 흥미를 끌 만하고 아름다운 문장이라 하더라도 내용이 정확하지 않으면 좋은 글이 되지 못한다. 사실에 부합하지 않거나 논리적인 체계가 없다면 글로서의 가치가 없다. 크게 보아서는 내용과 표현이 정확해야 한다는 것을 말하지만 사실·논리·관점 세 가지로 구분해 살펴 볼 수 있다.

사실의 정확성

글에서 언급한 내용은 당연히 사실과 일치해야 한다. 준비 단계에서부터 사실을 확인하는 절차를 거쳐야 하지만 다 쓴 다음에도 불확실하거나 사실과 다른 내용이 들어 있지 않은지 점검해야 한다. 사실에 부합하지 않는 내용이 있다면 글 전체가 신뢰를 잃는다.

논리의 정확성

논리가 정확해야 쓰는 사람의 생각을 제대로 전달할 수 있다. 글이 이치에 맞지 않게 굴러가거나 논리적인 비약이 발생해서는 안 된다. 글의 논리가 정확하기 위해서는 우선 인과관계가 일치해야 하므로 원인과 결과를 다시 한번 대조해 봐야 한다. 또 자신의 주장에 대해 충분한 근거를 제시하고 있는지도 살펴봐야 한다.

관점의 정확성

문제를 인식하고 해결해 나가는 관점이 정확하게 수립돼 있는지도 점검해야 한다. 즉 글 쓰는 사람의 관점이 보편성·전체성·객관성을 가지고 있는지 살펴봐야 한다. 이를 위해서는 전체적으로 하나의 유기적인 체계를 이루고 있는지, 주관에 좌우되지 않고 누구나 인정할 수 있는 사실인지 등을 점검해야 한다.

05 표현이
적절한지 살펴라

글의 전체 내용이나 표현이 글을 쓰는 상황·목적·대상 등과 부합하는지 다시 한번 살펴봐야 한다. 특히 글을 쓰는 목적에 어울리는 표현으로 적절하게 작성돼 있는지 점검해 봐야 한다. 같은 내용이라 하더라도 글을 쓰는 목적이나 읽는 대상 등에 따라 표현 방법이나 어휘 선택 등을 달리 해야 한다.

동적 기준

동적 기준이란 글을 쓰는 상황이나 목적·대상 등이 글을 쓸 때마다 달라지는 것을 말한다. 글을 쓰는 목적과 읽는 대상을 다시 한번 생각해 보고 글의 내용과 구성이 합당한지, 글의 목적에 어휘가 부합하는지, 읽는 사람을 제대로 배려하고 작성했는지 등을 살펴봐야 한다.

정적 기준

글은 그 자체로서도 내용과 표현이 적절해야 한다는 점에서 가치 있는 내용과 합리적인 구조인지 평가하는 것을 말한다. 이를 위해서는 가치 있는 주제인지, 글이 통일성을 이루고 있는지, 내용이 긴밀하게 연결돼 있는지, 표현이 명료한지 등을 점검해야 한다.

전체에서의
오류 수정

글 전체의 내용과 짜임새를 대상으로 전체 구조를 살피는 작업을 말한다. 자신이 표현하고자 하는 내용이 타당하게 제시됐는지, 글의 짜임새가 잘 이루어져 있는지, 논리적이고 효과적으로 서술됐는지 등을 살펴 그렇지 못한 점이 있다면 전체적으로 다시 작성해야 한다.

시간적 여유가 있는 경우엔 다시 작성하거나 전체적으로 수정할 수 있지만 그럴 여유가 없다면 부분적인 수정에 그칠 수밖에 없다. 입사 시험이나 논술 시험에서는 한번 작성하면 전체적으로 뜯어고치기가 어려우므로 개요를 작성한 뒤 글을 쓰는 등 안전하게 써 내려갈 필요가 있다.

전체 오류 수정의 체크 포인트

- 글의 짜임새가 잘 이루어졌는가
- 글이 논리적이고 효과적으로 서술됐는가
- 각 문단은 논리적으로 전개됐는가
- 문단과 문단 사이의 연계는 적절한가
- 각 문단은 전체적으로 통일성을 이루고 있는가
- 자신이 표현하고자 하는 내용이 타당하게 제시됐는가
- 문단의 소주제가 글 전체의 주제와 조화를 이루고 있는가

부분에서의
오류 수정

글 전체에 대한 오류 수정이 끝나면 세부 사항으로 들어가 다듬기 작업을 해야 한다. 시간이 많을 경우 전체적인 오류 수정과 함께 부분적인 오류 수정을 하면 되지만 시간적 여유가 없을 경우에는 사실상 이 부분의 수정 작업을 하는 것으로 글의 작성이 완료된다.

문단의 오류 수정하기

각 문단이 일관성과 통일성·완결성을 갖추고 있는지를 검토하고 수정·보완하는 것을 말한다. 각 문단이 독립적이면서도 전체적으로 유기적인 통합을 이루고 있는지 살펴봐야 한다.

문장 오류 수정의 체크 포인트

- 문장과 문장이 자연스럽게 연결됐는가
- 중심 문장과 뒷받침 문장이 제대로 갖추어졌는가
- 동일한 사항이 하나의 문단 내에 잘 정리돼 있는가
- 각 문장들의 내용이 문단의 소주제에 집중되는가

문장의 오류 수정하기

문장이 지나치게 길어 읽기 불편하고 이해하기 어렵지는 않은지, 문장성분 간에 호응이 잘 이루어지는지 등을 살펴야 한다. 또한 불필요하게 단어나 의미가 중복되지는 않았는지 등도 검토해 보고 필요하면 수정을 해야 한다.

문장 오류 수정의 체크 포인트

- 문장이 지나치게 길지는 않은가
- 문장이 복잡하게 얽혀 이해하기 어렵지는 않은가
- 주어와 서술어, 목적어와 서술어가 적절하게 호응하는가
- 문장을 이어주는 접속사가 적절하게 사용됐는가
- 수식어와 피수식어의 관계가 명확한가

- 단어나 의미가 불필요하게 중복된 곳은 없는가
- 쉼표가 불필요하게 사용된 곳은 없는가

어구의 오류 수정하기

문장 내에서 부적절한 어휘가 사용되지는 않았는지, 문맥에 어울리지 않는 구절이 있지는 않은지 등을 검토해 봐야 한다. 또한 맞춤법에 어긋나는 표현은 없는지, 오탈자는 없는지 등을 살핀 뒤 수정해 나가야 한다.

어구 오류 수정의 체크 포인트

- 단어나 구절이 자연스럽게 연결되는가
- 단어나 구절이 대등하게 나열돼 있는가
- 띄어쓰기는 제대로 돼 있는가
- 오탈자가 있지는 않은가
- 단어나 구절이 맞춤법에 어긋나지는 않는가
- 정확하고도 문맥에 알맞은 단어가 사용됐는가
- 주관적 감정이 개입된 단어가 사용되지는 않았는가

인상적인
자기소개서 쓰기

"

제 8 장

취업의 첫째 관문은 자소서다. 자소서가 기업체에 입사하는 데 결정적 영향을 미친다. 대부분 기업이 자소서를 통해 1차적으로 그 사람을 판단한 뒤 면접 기회를 주기 때문이다. 자소서가 인사담당자의 마음에 들지 않는다면 다른 능력을 보여 주기도 전에 그 회사로부터 외면당한다. 따라서 취업하려는 사람은 우선적으로 자소서를 잘 써야 한다.

취업 시장이 너무나 어렵다. 코로나19 사태 등 전체적으로 경제 사정이 어려워지면서 기업들은 신규 채용을 줄이고 있다. 취업 재수생이 50여만 명에 달하고 해마다 48만여 명의 대졸자가 취업 시장에 뛰어든다. 아예 취업을 포기한 사람도 50여만 명에 이른다고 한다. 그나마 이공계는 조금 나은 편이지만 인문계는 그야말로 태반이 백수인 이태백이다. 대부분 대학의 인문계 취업률이 50%에도 미치지 못하고 있다. 졸업을 유예한 5학년, 6학년들도 적지 않다.

취업의 첫째 관문은 자기소개서다. 자기소개서가 기업체에 입사하는 데 결정적 영향을 미친다. 대부분 기업이 자기소개서를 통해 1차적으로 그 사람을 판단한 뒤 면접 기회를 주기 때문이다. 자기소개서가 인사담당자의 마음에 들지 않는다면 다른 능력을 보여 주기도 전에 그 회사로부터 외면당할 수 있다. 따라서 회사에 취직하려는 사람은 우선적으로 자기소개서를 잘 써야 한다.

저자가 대학에 강의를 나가면서 학생들의 글쓰기 지도를 하고 있는데 한번은 20여 장의 자기소개서를 들고 온 학생이 있었다. 모두 기업체에 제출했다 탈락한 자기소개서라고 했다. 자신은 스펙도 쌓으면서 취업을 위해 열심히 준비해 왔다고 생각하는데 면접에 오라는 곳이 한 군데도 없단다. 자기소개서가 통과돼야 면접을 보러 갈 텐데 도무지 무엇이 문제인지 모르겠으니 읽고서 문제점을 지적해 달라는 것이었다.

기본적으로 자기소개서 작성은 소재 선택과 소재 가공의 두 가지 단계를 거친다. 대부분의 학생이 질문에 합당한 소재를 제대로 선택하지 못하고 또 소재를 선택했다 하더라도 그것을 평가자의 입맛에 맞게 가공하는 데 실패한다. 이 학생도 이러한 두 가지 문제가 복합적으로 얽혀 별반 경쟁력이 없는 자기소개서를 작성해 제출함으로써 평가자들의 마음에 들지 못했던 것이다.

만약 남을 위해 자신을 희생한 경험을 적으라면 힘들었지만 다른 사람을 위해 봉사했던 경험을 찾아내 소재로 삼아야 한다. 그다음으로는 선택한 소재를 경쟁력 있게 가공하는 과정을 거쳐야 한다. 대부분의 학생이 소재 가공에 자신이 없기 때문에 본인이 했던 봉사 경험이 너무 작은 것이라고 여기고 소재 선택을 어려워한다. 소재를 선택했다고 하더라도 그것을 경쟁력 있게 가공해 평가자의 마음에 들게 하는 데 실패한다.

자기소개서를 작성하는 요령을 어느 정도 알고 있으면 훨씬 경쟁력 있는 자기소개서를 작성함으로써 어려운 취업 시장을 너

끈히 뚫고 들어갈 수 있다. 여기에서는 작성 원칙을 간략하게 소개한다. 저자의 또 다른 저서 『이기는 자소서』에는 더욱 구체적인 설명과 함께 다양한 사례가 제시돼 있다.

01 자신만의 주제를 가져라

　학생들의 자기소개서를 읽어보면 비슷비슷해 특별한 차이점을 발견하기 어려운 경우가 대부분이다. 자신만의 특색 없이 고만고만한 이야기로 자소서를 작성한다. 그러나 이렇게 해서는 경쟁력을 확보할 수 없다. 자소서를 작성할 때는 무엇보다 자신만의 주제(테마)가 필요하다. 남들과 차별화되는 자신만의 주제를 가지고 이야기를 풀어 나가야 한다. 처음부터 끝까지 하나의 주제를 가지고 일관성 있게 작성해 나가야 한다.

　그러자면 먼저 자신의 주제에 해당하는 장점이나 특별한 능력이 어떠한 환경에서 생성되고 어떻게 심화·발전돼 왔는지를 적어야 한다. 그런 다음에는 자신의 주제를 회사의 특성과 일치시켜야 한다. 지원하는 회사의 특성과 자신의 주제를 연결시켜 그 기업에서 필요로 하는 인재가 바로 자신임을 보여 줘야 한다. 자신의 주제가 리더십이라면 어떠한 환경에서 리더십이 생성됐고 그것을 어떻게 심화·발전시켰는지를 적은 다음 그러한 장점을 가진 자신이 지원하는 회사에 가장 적합한 인물임을 설득해야 한다.

나아가 자신의 주제에 맞춰 장래 포부를 밝혀야 한다. 회사에 들어가 무엇을 어떻게 해나갈 것이며 무엇이 될 것인지 주제에 맞추어 일관성 있게 서술해야 한다. 즉 자신의 주제를 활용해 회사의 어느 분야에서 어떤 성과를 이룰지를 구체적으로 적어야 한다. 성장과정과 학교생활, 사회활동 등에서는 A라는 주제를 얘기해 놓고 포부를 밝힐 때는 B라는 장점을 끌어들여 활용한다면 일관성이 없어 좋은 인상을 줄 수 없다.

A가 주제라고 가정하고 좀 더 구체적으로 설명하면 먼저 어떠한 가정환경·성장과정에서 장점 A를 배웠는지를 서술해야 한다. 그리고 대학과 사회생활(알바·인턴 등)에서 장점 A를 심화·발전시켰다는 것을 설명해야 한다. 그런 다음에는 이러한 A를 가지고 있기 때문에 지원하는 회사에 꼭 필요한 인재라는 것을 부각시킨다. 마지막으로 A를 활용해 장래 어떤 분야에서 어떤 성과를 낼 수 있는지를 상세하게 적어야 한다. 이 과정에서 추상적이거나 누구에게나 있음직한 내용은 과감하게 삭제하고 주제에 집중해야 한다.

스펙이 아니라
스토리다

SK그룹은 2015년 상반기부터 대졸 공채 시험에서 스펙 파괴 채용을 도입했다. 입사지원서에 외국어 성적, 해외 연수, 수상 경험, 정보기술(IT) 활용 능력과 같은 스펙 관련 항목을 쓰는 난을 아예 없앴다. 증명사진도 제출하지 않도록 했다. 과도한 스펙 쌓기 경쟁에 따른 사회·경제적 비용을 최소화하는 데 목적이 있다고 회사 측은 밝혔다. 스펙과 사진을 없앤 만큼 자기소개서가 가장 중요한 서류 전형 항목이라고 덧붙였다.

과거에는 스펙을 보고 신입사원을 뽑았다. 그러다 보니 '스펙 3600'이나 '취업 5종 세트' 같은 신조어가 생기기도 했다. 스펙 3600이란 입사의 기본 요건으로 스펙이 3600(학점 4.0×토익점수 900=3600)이 돼야 한다는 것을 뜻한다. 취업 5종 세트는 인턴, 자격증, 아르바이트, 공모전, 봉사 활동 경험 등이다. 취업용 '스팸'(SPAM, 취업의 네 가지 조건)이란 말도 있다. 스펙(Spec), 열정(Passion), 학력(Academic background), 멘토(Mentor)의 앞 글자를 딴 것이다.

그러나 요즘은 SK처럼 상황이 바뀌었다. 대기업들이 스펙이 좋은 지원자를 채용해 업무를 시켜 본 결과 조직에 잘 적응하지 못하는 사람이 많았다. 심지어 중도에 퇴사하는 사람도 적지 않았다. 또 빠르게 변화하는 기업 환경에 제대로 적응하지 못하는 경우가 다반사였다. 그러다 보니 요즘은 스펙보다 직무 능력을 더 중요하게 생각한다. 직무 연관성을 중심으로 자신만의 스토리를 만들어야 서류 전형을 통과할 수 있다.

최근 들어 기업들은 정답을 맞히는 사람이 아니라 새로운 것을 창조하는 인재를 원한다. 지금까지 하던 방식을 넘어 때로는 경계를 가로질러 생각할 수 있는 창의적인 인재를 찾고 있다. 따라서 규격화된 스펙을 쌓는 대신 자기만의 차별화되는 스토리를 만들어야 한다. 직무와 관련해 그간 쌓아 온 지식이나 인턴 경험, 기타 관련이 있는 활동 사항을 차별성 있는 스토리로 구성해 평가자에게 다가가야 한다. 경험 가운데 성공한 이야기도 좋고 실패한 이야기도 좋다. 남들과 차별화되는 자신만의 스토리로 그 회사를 설득해야 한다.

하나의 질문에는 하나의 소재만

장점을 서술하라고 하는 경우 리더십, 인화단결력, 창의성, 글로벌인재 등 서너 가지를 적는 학생이 적지 않다. 이처럼 장점이 많으면 어떻게 될까? 이 중에 어느 하나 걸리겠지 하는 기대에서, 또는 장점이 많아야 좋은 인상을 줄 수 있다는 생각에서 이것저것 갖다 붙이는 경우가 다반사이지만 이렇게 해서는 합격하기 어렵다. 이런 경우 절대로 다다익선(多多益善)이 아니다.

장점이 많다는 얘기는 곧 장점이 없다는 것이다. 여러 가지를 나열하면 어느 것 하나 제대로 와닿지 않기 때문에 장점이 없는 것이나 마찬가지다. 이렇게 장점이 여러 가지인 경우 한정된 공간에서 각각을 구체적으로 설명할 수 없기 때문에 특징적 이미지를 만들어 낼 수 없다. 여러 가지를 적으면 수박 겉핥기식으로 설명할 수밖에 없기 때문에 결국은 아무 것도 남는 게 없다.

다른 질문에 대한 답변도 마찬가지다. 하나의 질문에는 한 가지 소재를 내세우고 그것을 구체적이고도 실감나게 서술해야 한다. 그래야 임팩트 있게 다가감으로써 강한 인상을 남길 수 있다.

소재가 여러 가지라는 얘기는 그 사람의 활동이 하나로 집약되지 못함으로써 어느 하나 경쟁력이 없다는 것을 의미하기도 한다. 백화점식 나열로는 강한 인상을 주기 어렵다. 하나의 질문에는 한 가지 소재만 선택해 서술하는 것이 바람직하다.

단점을 잘 써야
고급스러워진다

자기소개서를 작성할 때는 무엇보다 자신의 장점을 최대한으로 드러내야 한다. 따라서 자신의 장점이나 특기사항은 구체적으로 적는 것이 좋다. 원만한 대인관계, 조직에서의 인화력 등 자신의 성격상 특성이나 업무 수행 과정에 도움이 될 수 있는 외국어 능력, 리더십 등의 특기사항을 체험과 함께 상세히 기술해야 한다. 그러나 자칫 장점을 강조한다는 것이 지나치게 많은 양을 할애하거나 자화자찬으로 흘러가서는 안 된다.

장단점을 적으라고 하는 경우 장점만 나열하지 말고 자신의 단점에 대해 함께 언급해야 한다. 한 가지 단점을 밝히고 이를 극복하기 위해 어떠한 노력을 했는지 설명하는 것이 바람직하다. 예를 들면 단점이 '독단적'이라 밝히고 그것을 극복하는 방안을 세 가지 정도 적는 것이다. 이러한 태도는 늘 성찰하고 노력하는 자세와 함께 자신감을 보여 줌으로써 강렬한 인상을 심어 줄 수 있다. 단점을 어떻게 처리하느냐에 따라 자소서의 격이 달라진다.

장점을 서술할 때는 기업의 특성과 자신의 장점 중 공통점을 찾아 적극적으로 부각하는 것이 좋다. 따라서 기업의 특성에 맞추다 보면 자신의 장점을 달리해야 할 때도 있다. 장단점을 서술하라고 명시하는 경우에는 장점과 단점에 할애하는 양이 같아야 한다. 즉 장단점을 1000자 적으라고 한다면 장점 500자, 단점 500자로 균형을 맞추어야 한다. 단점을 적으면 불리해질까 봐 단점을 짧게 얼버무리는 경우가 많은데 이는 탈락이라고 보면 된다.

제 장점은 리더십입니다. 학교에서 '청우회'라는 봉사 동아리 회장을 맡아 일해 오면서 짧은 기간에 동아리 인원을 늘리고 내실화를 꾀했습니다. 처음 제가 회장을 맡을 때는 회원이 17명밖에 되지 않았습니다만 주례·월례 봉사활동 등 운영 프로그램을 새로 짜고 평가 시스템을 마련하는 등 내실화를 기하고 홍보를 더욱 열심히 한 결과 한 학기 만에 회원을 50명으로 늘릴 수 있었습니다. 축제 기간 중에 열린 동아리 경진대회에서는 외국인 학생들과 어울려 각각의 문화를 유머스럽게 발표하는 연극을 기획하고 연출해 최고상을 수상하면서 50만원의 상금을 받기도 했습니다.

제 단점은 간혹 독단적이라는 평가를 받는 것입니다. 조직을 이끌어 가면서 강하게 리더십을 발휘하다 보니 가끔은 남과 상의하지 않고 혼자서 판단하고 결정한다는 불만을 듣기도 했습니다. 그러나 이러한 사실을 인지하고 이런 요소를 해결하기 위해 나름대로 노력해 왔습니다. 우선 의사결정을 할 때는 혼자서 하지 않고 반드시 남들과 상의한다는 규칙을 만들어 시행하고 있습니다. 전체 의견을 취합하기 어려운 경우에는 최소한 3명 이상의 의견을 들어보고 결정한다는 원칙도 마련해 실천해 오고 있습니다. 또한 조금이라도 여유가 있는 경우에는 바로 결정하지 않고 시간적 여유를 두고 숙성시켜 결정하는 버릇을 들이려고 노력하고 있습니다. 이렇게 스스로 반성하고 약점을 보완하기 위해 노력해 오다 보니 지금은 더 이상 독단적이라는 이야기를 듣지 않게 됐습니다.

05 긍정적인 면을 강조하라

어딘지 모르게 부정적인 성격이 얼굴에서 드러나는 사람이 있다. 자기소개서에서도 그렇다. 자기소개서는 그 사람의 얼굴이나 마찬가지다. 기업은 자기소개서를 통해 그 사람의 대인관계, 조직에 대한 적응력, 성격, 인생관 등을 판단하며 장래성을 가늠하게 된다. 자기소개서에서 부정적인 인생관이나 사회관을 가진 듯한 느낌을 준다면 그를 채용할 회사는 없다.

따라서 긍정적이고 진취적인 성격임을 보여 주어야 하고 조직에 잘 적응할 수 있을 것이라는 신뢰감을 심어 주어야 한다. 밝고 긍정적인 인생관을 가지고 패기 있게 앞날을 설계해 나가고 있다는 것을 드러내야 한다.

간혹 지원하는 회사를 좋게 얘기하려다 보니 경쟁 회사를 나쁘게 이야기하는 경우가 있다. 즉 A라는 회사에 지원하면서 경쟁사인 B사를 좋지 않게 얘기하는 것이다. 이처럼 상대 회사를 비방하는 내용도 자신에게 부정적인 요소로 작용하므로 피해야 한다. 불필요하게 타인을 비방하는 내용 역시 자신에게 부정적 요소로 작용하므로 삼가야 한다.

특히 서술한 내용 가운데 성격적인 결함으로 비칠 만한 요소가 있어서는 안 된다. 자신에게 '선택 장애'가 있다는 것을 무의식적으로 서술한 학생을 보았는데 아마도 이런 사람을 좋아할 회사는 없을 듯하다. 성격 가운데는 아무리 노력해도 잘 개선되지 않는 것이 있으므로 부정적으로 비칠 만한 소지가 있는 것은 언급하지 말아야 한다.

저는 남들에게서 늘 표정이 밝고 인사성이 좋다는 평가를 받고 있습니다. 누구에게나 웃음으로 깍듯한 인사를 하다 보니 사람들과 쉽게 친해지는 편입니다. 처음 보는 사람에게도 먼저 인사를 건네면서 자연스럽게 다가갑니다. 직장 생활에서도 밝은 분위기와 서로 간의 친밀감이 중요하다고 생각합니다. 무슨 일이든 웃음을 잃지 않으면서 긍정적으로 생각하고 서로 화합하며 대처해 나간다면 그 결과 또한 좋으리라 생각합니다. 제가 회사에 들어간다면 이러한 성격을 바탕으로 회사에 밝은 분위기를 조성하고 직원 간 친밀한 유대관계를 이루어 나가고자 합니다.

06 지원 동기를 구체적으로 밝혀라

취업이 어렵다 보니 구직자는 모집공고가 날 때마다 이 회사 저 회사에 지원하게 마련이다. 따로 어느 회사만을 목표로 어릴 때부터 준비해 오는 것은 아니다. 그렇다고 어떻게 하다 보니 그 회사에 지원하게 됐다고 적을 수도 없는 노릇이다. 물론 그 회사에 입사하기 위해 오래도록 준비해 온 사람도 있겠지만 대부분 학생은 모집공고에 휩쓸려 다닐 수밖에 없다.

하지만 인사담당자들은 지원 동기와 입사 후 자세에 많은 신경을 쓴다. 입사 동기가 뚜렷하지 않으면 회사에 들어가더라도 그다지 의욕과 긍지를 느끼지 못하기 때문이다. 심지어는 교육받다 말고, 또는 근무하다 말고 그만두는 사람도 나온다. 기업으로서는 가장 피하고 싶고 꼭 가려내야 하는 사람이 바로 이런 지원자다. 따라서 기업은 자기소개서를 통해 그 사람이 어떠한 의도로 입사를 희망하게 됐고 입사 후에는 어떤 자세로 임할 것인지, 장래성은 어떠한지를 판단하게 된다.

따라서 입사 지원 동기를 쓸 때는 일반론을 펴는 것보다 해당

기업과 직접 연관이 있는 내용을 언급하는 것이 좋다. 해당 기업의 업종·특성 등과 자기의 전공이나 경험, 또는 희망 등을 연관시켜 입사 지원 동기를 구체적으로 언급해야 한다. 이를 위해서는 그 회사의 홈페이지에 들어가 보고 또 해당 기업에 대한 기사를 꼼꼼하게 살펴보는 등 그 기업에 대해 어느 정도 연구를 해 두는 것이 꼭 필요하다.

지원하는 회사가 선호하는 스타일을 알고 싶으면 입사 선배에게 전화를 하거나 찾아가서 물어보면 가장 잘 파악할 수 있다. 내부 분위기나 회사 문화를 그대로 전달받을 수 있기 때문이다. 이렇게 얻은 정보를 바탕으로 회사가 선호하는 스타일이나 주목하는 부분에 맞추어 지원동기를 구체적으로 작성하면 합격할 확률이 더욱 높아진다.

꼭 필요한 인재라는 것을 보여 줘라

요즘은 인재를 선발하는 방식이 바뀌어 스펙보다는 인성이나 직무 능력 위주로 신입사원을 뽑는다. 쉽게 말하면 그 회사 또는 그 업무에 맞는 사람인지를 주로 본다는 것이다. 따라서 자기소개서에서 그 회사와 업무에 꼭 필요한 사람이라는 것을 보여 주는 것이 중요하다. 회사마다 분위기에 차이가 있고 요구하는 인물상이 조금씩 다르기 때문에 그에 맞추어 서술해야 한다.

어떤 회사는 여러 사람을 먹여 살릴 천재를 원하기도 하고, 어떤 회사는 전체적인 인화 단결에 적합한 인물을 찾기도 한다. 천재적인 인물을 원하는 회사라면 개인의 창의성을 특히 중시하므로 자기소개서에서 독창성과 창의성을 보여 주어야 한다. 인화 단결에 주안점을 두는 회사라면 원만한 대인관계가 자신의 장점이라는 것을 내보여야 한다.

그러려면 지원하는 회사가 어떤 회사인지, 어떤 인재를 원하는지, 어떤 직무 능력이 필요한 곳인지 연구한 뒤 그에 맞추어 서술해야 한다. 그 기업이 찾는 인물상과 업무 능력에 맞추어 어떻게 회사에 기여할 수 있는지를 구체적으로 언급해야 한다. 자신이 어떤 점에서 그 회사의 인물상에 부합하는지, 해당 직무와 관련해 어떤 경험을 쌓았는지 등을 사례를 들어 가면서 구체적이고도 논리 정연하게 적어야 한다.

어린 시설 시와 소설을 읽으며 글로 사람을 웃고 울게 하는 것에 매력을 느꼈습니다. 대학교도 사람의 마음을 움직일 수 있는 문학작품을 배울 수 있는 국어국문학과에 진학하게 됐습니다. 국문과 수업 중 '스토리텔링' 수업을 들으며 순수문학인 시나 소설이 아닌 짧은 광고와 마케팅으로도 사람의 마음을 움직일 수 있다는 것을 알게 되었습니다. 이를 심화하기 위해 경영학을 복수전공하며 광고와 마케팅에 관해서도 공부했습니다.

드림소사이어티에 접어들며 이야기의 힘이 중요해지고 있습니다. '스토리텔링'을 이용해 카드 고객들의 마음을 움직이고 싶습니다. 지난 방학에는 카드사의 가맹점 마케팅팀에서 인턴으로 근무하며 3당사자 체제인 카드사의 한 축인 가맹점과 소통하는 것이 아주 중요하다는 것을 깨달았습니다. 고객을 최고의 가치로 여기며 가맹점과 상생하는 귀 카드에서 가맹점에 알맞은 가치를 제공하는 스토리텔링 마케터가 되고 싶습니다.

08 장래 희망과 포부를
수치로 언급하라

장래 희망과 포부를 밝히라는 것은 대부분 회사가 자기소개
서에서 요구하는 항목이다. 하지만 업무 경험이 없다 보니 대부분
학생이 장래 희망과 포부를 추상적인 내용으로 채운다. '열심히
일해 회사 발전에 도움이 되도록 하겠습니다' '성심을 다해 회사
발전에 이바지하겠습니다' '이 회사에서 제 꿈을 실현하고 싶습니
다' 등과 같은 내용이 적지 않게 나온다. 그러나 이렇게 해서는 합
격할 수 없다. 자신의 장래 희망을 막연하게 표현하지 말고 '어느
분야, 어떤 일에 집중해 어떤 성과를 이루고 싶다'는 식으로 구체
적으로 기술하는 것이 좋다.

이럴 경우 장래 희망은 대학의 전공, 자신의 장단점, 입사 지원
동기 등과 함께 일관성을 유지해야 한다. 앞서 밝힌 자신의 장점
이라든가 그간 쌓아 온 직무 경험 등을 바탕으로 어떠한 계획이
나 각오로 일에 임할 것인지, 입사 후의 목표가 무엇인지 등 포부
를 상세하게 적어야 한다. 지원한 회사에 입사했다는 가정 아래 5
년이나 10년 후에 어느 분야에서 어떤 성과를 이룰지를 구체적으

로 적으면 된다. 범위를 좁혀 나름대로 수치를 제시하면서 서술해 나가는 것이 가장 좋은 방법이다.

저는 어머니가 옷을 수선하는 일을 하는 것을 보면서 자라왔습니다. 그래서 그런지 어릴 때부터 무엇인가를 그림으로 그리면서 새로운 것을 고안해 내는 것을 좋아했습니다. 차츰 성장하면서 디자이너가 되겠다는 꿈을 가졌습니다. 대학 디자인학과에 들어간 것도 이런 이유에서였습니다. 지난해 ○○○ 응모전에 작품을 출품해 2등으로 입상하기도 했습니다. 하지만 아직도 부족한 점이 많다고 생각해 배움을 게을리 하지 않고 있습니다.

디자인 분야에서 선두를 달리고 있는 △△에 입사해 새로운 것들을 배운다는 자세로 열심히 일해 보고 싶습니다. 특히 △△가 요즘 새로이 도전하고 있는 한복의 세계화에 최선을 다해 힘을 보태고 싶습니다. 한복의 실용성을 살려 특별한 날이 아니라 평상시에도 입고 다닐 수 있는 한복을 디자인해 해마다 이 분야 매출을 30% 이상씩 끌어올림으로써 5년 내에 회사가 이 분야의 확고한 선두로 자리매김하도록 하겠습니다. 그리고 10년 뒤에는 마침내 한복의 현대화에 관한 한 최고의 디자이너가 되고 싶습니다. △△야말로 저의 배움을 이어 나가고 꿈을 완성할 수 있는 곳이라고 생각합니다.

✒ 09   제목을 적절하게
활용하라

인사담당자들은 지원자들의 자기소개서를 대부분 속독으로 읽고 판단한다. 지원자가 워낙 많기 때문에 꼼꼼하게 읽어보고 판단할 시간이 없는 것이 현실이다. 자기소개서를 작성하는 사람은 이 점을 분명하게 인식하고 그에 맞추어 써야 한다. 즉 평가자가 속독으로 읽더라고 자신이 하고자 하는 얘기가 분명하게 전달되도록 작성해야 한다. 그러자면 내용별로 단락을 나누어 일목요연하게 작성하는 것이 중요하다. 그 못지않게 중요한 것이 제목을 적절하게 활용하는 것이다.

큰 제목이나 작은 제목을 넣어 이것만 보더라도 평가자가 전체 글의 내용을 판단하거나 짐작할 수 있게 해야 한다. 본문의 핵심을 제목에 적절하게 담는다면 평가자는 제목만 보아도 어느 정도 내용을 짐작할 수 있고 본문을 속독으로 읽는다 하더라도 전체 내용을 손쉽게 파악할 수 있다. 따라서 제목을 어떻게 활용하느냐가 중요하다.

제목은 너무 많아도 너무 적어도 안 된다. 500자당 한 개가 적당하다. 대체적으로 자소서에서 항목당 요구하는 답변의 글자 수는 1000자다. 1000자라면 2개의 제목이 적당하다. 만약 요구하는 답변의 글자수가 500자라면 한 개의 제목이 알맞다. 제목을 잘 활용하되 제목이 지나치게 많거나 지나치게 적지 않도록 주의해야 한다. 제목은 본문의 핵심 내용을 담아 평가자가 그것만 보아도 전체 내용을 알게 해주면 된다. '~를 통해 ~를 얻어' 하는 식으로 가급적 행위와 결과가 포함된 문장 형식으로 하는 것이 좋다.

'너무나 경쟁력 있는 나' '일찍 일어나는 새가 벌레를 많이 잡아먹는다' 등 제목을 달 때 추상적인 내용을 적거나 속담 또는 명언을 옮겨 놓는 경우가 많은데 이는 수필이나 다른 글이라면 몰라도 자기소개서의 제목으로는 부적당하다. 평가자가 읽어 봐야 구체적으로 무슨 내용인지 모르므로 있으나 마나 한 제목이다. 이런 제목을 읽고 그 아래 본문을 속독으로 읽는다면 평가자는 전체 내용을 정확하게 파악하기 어렵다. 그리고 경험상 이런 제목이 달린 자소서는 함량 미달인 경우가 대부분이다.

글쓰기 정석

10   간결하게
작성해야 한다

자기소개소는 꼭 필요한 내용만 가지고 간결하게 작성해야 한다. 불필요한 얘기를 이것저것 길게 늘어놓아서는 안 된다. 많은 지원자의 소개서를 일일이 읽어봐야 하는 인사담당자로선 별다른 개성 없이 이것저것 늘어놓은 소개서를 계속 읽고 싶은 마음이 생길 리 없다. 불필요한 내용이 많다면 끝까지 읽어보지 않는다.

정해진 양식과 분량이 있을 경우 그것을 따르면 된다. 요즘은 대부분 질문에 몇 자로 대답하라고 제시하기 때문에 그 양을 따르면 된다. 양을 지정하지 않은 경우에는 A4 용지 한두 장 정도가 적당하다. 무언가 풍성해야 그럴듯해 보인다는 것은 옛날 얘기다. 가능하면 한 장으로 간결하게 작성해야 인사담당자들이 좋아한다. 간결하게 작성하기 위해서는 꼭 필요한 말만 쓰고, '그리고' '그러므로' '그런데' '그래서' 등 불필요한 접속사나 군더더기가 들어가지 않게 해야 한다.

개성 있는 문체로
작성하라

직장에 들어가면 누구나 기획서나 보고서를 써야 한다. 만약 아랫사람이 이러한 문서를 제대로 작성하지 못한다면 윗사람은 그것을 리라이팅 하느라 많은 시간과 에너지를 소모하게 된다. 최종 의사결정자에게 올라가는 문서가 수준이 떨어진다면 중간 관리자도 함께 책임을 져야 한다. 따라서 인사담당자들은 자기소개서를 보고 지원자가 기본적인 글쓰기 능력을 갖추었는지 판단한다.

여기저기 원서를 내다 보니 판에 박은 문장으로 자기소개서를 대충 쓰거나 성의 없이 작성하는 사람도 있다. 이전에 합격한 선배의 자소서를 대충 베껴 제출하는 학생도 있다. 그러나 이렇게 해서는 좋은 결과를 기대하기 어렵다. 자기소개서에는 자기만의 개성이 담겨 있어야 한다. 그러자면 다른 사람과 구별되는 자신만의 스토리를 특색 있는 문체로 작성해 나가야 한다. 남들과 비슷한 글투로는 강한 인상을 주기 어렵다.

문체에는 글의 호흡과 리듬도 포함된다. 글 속에는 호흡과 리듬이 있어 글을 읽어보면 그 사람의 성격이 급한지 차분한지도 드러난다. 자기소개서를 작성할 때는 내용을 잘 쓰는 것 못지않게 정갈하게 작성해 차분한 성격임을 보여 주는 것이 중요하다. 요즘은 대부분 인터넷을 통해 자기소개서를 제출하기 때문에 종이에 쓸 때만큼 필체를 볼 수는 없지만 컴퓨터 문서로 작성한 글에서도 어느 정도 개성이 드러난다.

충분한 시간을 가지고
작성하라

서류 제출 마감이 몇 시간 남지 않았는데 아직까지 마지막 문항에 대한 답변이 비어 있는 학생이 허다하다. 자기소개서는 대개 질문이 5개 문항 정도로 구성되는데 1번부터 완성을 해 내려오다 보니 마지막 문항이 아직까지 미완성인 상태다. 이렇게 해서는 합격하기 어렵다. 마지막 문항이 허술해질 수밖에 없기 때문이다. 시간적 여유를 가지고 차분하게 작성해야 충실한 내용으로 자신을 최대한 보여 줄 수 있다.

잘 써야 합격한다는 사실에 얽매이다 보니 1번 문항을 작성하는 데 온 힘을 기울인다. 소재를 선택하지 못해 이것저것 썼다 지웠다를 반복하고, 또 소재를 선택했다 하더라도 서술을 하다 보니 마음같이 되지 않아 1번 문항에서 시간을 너무 많이 소모한다. 1번이 완성되면 2번 문항에서 다시 이런 일이 벌어진다. 그러다 보니 마감 시간이 다 돼 가는데도 비어 있는 문항이 생기는 것이다.

자기소개서를 이런 식으로 작성해서는 곤란하다. 다른 글쓰기도 마찬가지이지만 대충 써 놓고 시간이 나는 대로 다듬는 방식으로 작성해야 전체적으로 완성도를 높일 수 있다. 어느 한 부분에 얽매이다 보면 필시 전체적으로 문제가 생길 수밖에 없다. 모든 문항을 대충 작성해 놓은 뒤 틈나는 대로 읽어 보면서 소재를 바꾸거나 가공을 다시 하면서 수정해 나가야 한다. 모든 글쓰기는 이런 방식으로 해야 효율적이다. 글을 한 번에 완전하게 써 내려가는 사람은 없다. 좋은 글은 일단 써 놓은 뒤 시간을 들여 정성스레 다듬은 결과로 나오는 것이다. 자기소개서도 반드시 이러한 방식을 따라 작성해야 한다.

비어 있는 문항을 급히 작성하다 보면 앞의 항목과 소재가 겹치거나 여기저기 어설픈 문장 또는 어휘가 등장하게 마련이어서 좋은 인상을 주기 어렵다. 내용도 중요하지만 자기소개서를 통해 그 사람의 글 쓰는 능력이나 문장력도 판단하므로 시간을 가지고 차분하게 작성해 생각을 논리적으로 표현하고 문장을 정확하게 구성하는 능력이 있음을 함께 보여 주어야 한다.

자기소개서를 작성해 제출한 경험이 있다면 먼저 제출한 것에 수정을 거듭하면서 견본을 하나 만들어 놓는 것이 좋다. 자기소개서의 질문 내용은 거의 비슷하고 자신이 답변할 소재 또한 크게 차이가 없으므로 평소 시간이 있을 때 견본을 만들어 놓으면 편리하다. 충분한 시간을 가지고 마음에 들 때까지 다듬어서 견본을 하나 만들어 놓고 지원하는 회사에 맞춰 조금씩 수정해 제출하면 된다. 해당 기업의 경영 이념이나 원하는 인물상 등에 따라 만들어 놓은 자기소개서를 조금씩 바꾸어 제출하는 것이 가장 좋은 방법이다.

13 면접 시 질문으로 활용된다

자기소개서로 1차 전형에 합격하면 면접을 보게 된다. 대부분 학생이 1차 서류에 합격하면 면접 대비에 전념하고 집중하기 때문에 면접에 갈 때 자기소개서에서 한 이야기를 잊어버리는 경우가 있다. 특히 여기저기 자소서를 내다 보니 어디에 무슨 내용을 적었는지 기억하지 못하는 일이 생긴다. 그러다 보니 면접관이 자소서에 있는 내용을 물어보았을 때 엉뚱한 대답을 하는 경우가 발생하기도 한다.

면접에 갈 때 먼저 챙겨야 하는 것이 자소서다. 자소서에 무엇을 어떻게 적었는지 다시 한번 확인해 보고 혹시나 이에 관해 질문하는 경우에 대비해야 한다. 면접관들의 손에 있는 자료에는 기본적으로 면접 보는 학생들의 자소서가 포함돼 있다. 기업은 자소서를 통해 회사가 원하는 인재인지를 일차적으로 판별하고 면접에서 그 내용에 대해 구체적으로 질문하기도 한다.

혹여나 자소서에서 조금 과장한 부분이 있거나 사실과 달리 서술한 것이 있다면 반드시 그에 대한 답변을 준비해야 한다. 면접 시 지원자의 답변이 자소서 내용과 다르다면 지원자의 신뢰성에 큰 타격을 주게 된다. 따라서 자소서를 포함해 기업에 제출한 모든 자료는 반드시 복사본을 보관하고 면접을 가기 전에 다시 한번 훑어봐야 한다. 특히 자소서에서 모호하게 표현됐거나 약점이라고 생각하는 부분에 대해서는 반드시 답변을 준비하는 것이 좋다.

글쓰기 정석

✒ 14   자소서 작성 시
주의사항

군대·재수·학점 얘기를 피하라

고생을 통해 소중한 것을 얻은 경험을 서술하라는 자소서 질문에 군대 이야기를 쓴 학생이 있었다. 군대에서 사단장 운전병으로 근무했는데 사단장이 일정을 알려주면 지도를 찾아보고 미리 준비해 길을 잘 찾아다녀 사단장에게서 칭찬을 받았다는 것이 주내용이었다.

이 학생은 나름대로 군대 생활을 열심히 해 미리미리 준비하면 좋은 결과로 이어진다는 것을 터득했다는 사실을 얘기하고 싶었겠지만 아쉽게도 서류 탈락이라고 봐야 한다. 가만히 한번 생각해 보자. 군대에서 고생하지 않은 사람이 어디 있겠는가. 더욱이 군대에서 사단장 운전병을 했다면 소위 '꽃보직'에서 편안하게 생활한 것이나 마찬가지다.

전방 철책선에서 한겨울 추위에도 보초를 서는 군인들을 생각해 보라. 이 얼마나 한가하고 가소로운 이야기인가. 군대에서는 누구나 고생을 하고 상대적으로 더 고생한 사람이 많을 수 있다.

만약 더 고생한 평가자가 이 자소서를 읽어보면 코웃음 칠지 모른다. 군대는 사고 없이 무사히 제대하면 다행이다. 현역으로 군대를 갔다 왔다는 것 자체가 훈장이고 더 없는 가치를 지니는 일이므로 현역 제대라는 표시로도 다 미루어 짐작이 된다. 굳이 고생한 이야기로 군대 경험을 얘기한다는 것은 소재의 빈약과 사고력의 빈곤을 드러내는 일이다.

따라서 군대 얘기는 아주 아주 특별한 경우가 아니라면 고생한 이야기로서 소재가 될 수 없다. 고생한 이야기의 소재로는 어쩔 수 없이 한 일, 누구나 거쳐 가는 일이 아니라 하지 않아도 되는 일을 자신의 발전을 위해, 또는 남을 위해 자신을 희생해 가면서 한 경우가 가장 적절하다. 이를테면 봉사활동이라든가 자전거 전국일주, 사막횡단 도전 등이 안성맞춤이다.

재수할 때 고생한 이야기도 마찬가지다. 재수할 때 마음고생한 것과 그것을 어떻게 극복하고 노력해서 대학에 들어갔는지를 구구절절 늘어놓는 학생이 있는데 이 역시 경쟁력 없는 이야기다. 재수하는 학생이라면 당연히 마음고생을 하고 힘들게 공부한다. 너무나 당연한 일이다. 재수하지 말고 미리 열심히 해서 대학에 들어가지 누가 재수하라고 시킨 것이 아니다. 이 역시 소재의 빈곤을 드러내는 일이다. 재수가 가치 없다고 하는 말이 아니라 고생한 이야기의 소재로는 크게 경쟁력이 없다는 것이다.

대학에 다닐 때 학점을 따느라 고생한 이야기를 적는 사람도 적지 않다. 새벽에 일찍 나가 도서관 자리를 잡고 밤늦게까지 공부한 뒤 캠퍼스를 나서면서 느끼는 감정 등을 적으면서 열심히 공부해 좋은 학점을 받았다는 것을 서술하는 학생이 있는데 이 역시 하나마나한 이야기다. 학점 따려고 얼마나 고생했는지는 학점이 말해 준다. 굳이 그 과정을 설명할 필요가 없다.

정말로 특별하고 예외적인 일이 있었다면 몰라도 학점이 좋은 학생이라면 당연히 했을 일을 따로 이야기할 필요가 없다. 이런 이야기로는 경쟁력을 가질 수 없다. 남을 위해 자신을 희생한 이야기를 감동적으로 적은 학생과 비교해 보면 어떤 결과가 나올지 짐작이 간다. 군대·재수·학점 이야기는 고생한 이야기의 소재로는 피하는 것이 바람직하다.

어색한 문장과 오탈자를 최소화하라

자소서를 읽어보면 무슨 말인지 알 수 없는 경우가 꽤 있다. 문장이 지나치게 길거나 주어·서술어 등 문장 성분이 꼬여 있으면 이런 현상이 일어난다. 이런 것을 이해하기 위해서는 다시 한 번 읽어보는 등 노력을 기울여야 하기 때문에 좋은 인상을 주기 어렵다.

잘못된 단어나 문맥에 맞지 않는 어휘를 사용하는 경우도 적지 않다. 내용에 관계없이 이런 것이 눈에 띄면 거부감이 들 수밖에 없다. 이를 방지하기 위해서는 다 쓰고 난 뒤 반복해 읽어보면서 이러한 것들을 가려내고 수정해 나가야 한다.

특히 오탈자가 많이 나오면 누가 읽어도 눈에 거슬릴 수밖에 없다. 이런 것들이 눈에 띄면 어딘지 집중력이 떨어지고 허술해 보인다. 쓴 사람은 반복해 읽어보아도 이러한 문제점을 발견하지 못하는 경우가 많다. 이럴 때는 다른 사람에게 읽어보게 하고 의견을 구하면 도움이 된다. 다른 사람이 보면 내가 미처 발견하지 못한 것을 찾아낼 수 있다.

외래어나 한자 사용에 주의하라

자소서에서 영어 표현 등 외래어를 불필요하게 많이 사용하는 사람이 있다. 영어를 사용하지 않아도 되는 자리에 영어를 쓰면 거부감이 든다. 우리말로는 도저히 표현하기 어려운 경우에만 외래어를 사용하는 것이 바람직하다. 그리고 영어 알파벳을 사용할 경우에는 우리말을 먼저 쓴 다음 괄호 안에 집어넣어야 한다. 우리말 없이 영어로만 쓰는 것은 글쓰기 방식이 아니다. 외국어를 쓸 경우에는 외래어표기법에도 맞게 표기해야 한다.

자소서에서 한자를 남용하는 사람도 더러 있다. 한자는 한글만 가지고는 이해하기 어렵거나 오해의 여지가 있을 때만 괄호 안에 병기해 준다. 공연히 무게 있게 보이기 위해 쓰지 않아도 될 한자를 집어넣었다가 틀리는 경우가 종종 발생한다. 이런 경우 쓰지 않으니만 못하다. 한자는 꼭 필요한 경우에만 사용하고 반드시 사전을 찾아 확인해 봐야 한다. 맞겠거니 하면서 대충 집어넣었다가는 틀리는 경우가 적지 않다.

여백이 없도록 하라

요즘은 대부분 질문마다 몇 자를 적으라고 지시한다. 따라서 이런 경우에는 지시한 양에 맞추어 쓰면 된다. 그러나 아직도 질문이나 글자수 제한 없이 응시자가 스스로 알아서 쓰게 하는 경우도 적지 않다. 이럴 때는 쓰는 공간에 가급적 여백이 없도록 하는 것이 좋다. 여백이 없어야 내용이 충실해 보인다. 여백이 많으면 어딘지 허전하고 허술해 보이게 마련이다.

알아서 쓰게 하는 경우 스스로 질문을 만들어 그에 대한 답변을 하는 형식으로 서술하면 된다. 이때 질문에 해당하는 부분을 제목으로 활용하는 것이 가장 좋다. 각 항목은 균형을 맞추어 1000자가 넘지 않도록 서술하는 것이 바람직하다. 각 항목을 작성하면서 뒷부분에 빈공간이 생기지 않도록 주의해야 한다. 그 회사의 일정한 형식이 있는 경우에도 주어진 칸을 다 채우는 것이 좋다.

인기 SNS가 되는
10가지 방법

"

제 9 장

블로그에 이어 페이스북·트위러·인스타그램·유튜브 등 SNS 이용자가 획기적으로 늘었다. 요즘은 개인이 하나의 미디어 매체를 가진 것이나 다름없다. 사람들은 각자 관심과 취향에 따라 SNS의 내용물을 다양하게 채우면서 서로 소통하고 수준 높은 인터넷 문화를 만들어 가고 있다. SNS는 자아실현 공간으로 쓰일 뿐 아니라 개인이나 기업의 돈벌이에도 활용되고 있다.

블로그에 이어 페이스북·트위터·인스타그램·유튜브 등 SNS (Social Network Service) 이용자가 획기적으로 늘었다. 요즘은 휴대전화를 갖고 다니면서 인터넷을 하기 때문에 장소와 시간에 구애받지 않고 SNS를 한다. 휴대전화에 달린 카메라를 활용해 사진이나 동영상을 실시간으로 올리기 때문에 개인이 하나의 미디어 매체를 가진 것이나 다름없다. 사람들은 각자 관심과 취향에 따라 글과 사진, 동영상으로 SNS의 내용물을 다양하게 채우면서 서로 소통하고 수준 높은 인터넷 문화를 만들어 가고 있다.

SNS는 취미생활 등 개인의 자아실현 공간으로 쓰일 뿐 아니라 개인이나 기업체의 홍보 수단으로 활용되기도 한다. 블로그는 비교적 시간 여유가 있는 주부나 직장인이 주류였으나 페이스북이나 트위터, 인스타그램 등의 SNS는 젊은이들 사이에서도 인기다. 특히 인스타그램을 활용한 개인 마케팅도 활발하게 이루어지고 있다. 일반 기업체에서도 회사 홍보를 위해 SNS 활동을 장려하고 있다. 미국에서는 이미 '블로그 마케팅'에 이어 'SNS 마케팅'

이라는 용어가 등장했고 같은 이름의 책이 여럿 나와 있기도 하다. 이들을 활용한 성공적인 마케팅 사례도 보고되고 있다.

요즘 들어서는 특히 유튜브 이용자가 획기적으로 늘면서 기존 방송이나 신문에 버금갈 만한 영향력을 발휘하는 유튜버가 등장했다. 유튜브는 동영상을 위주로 하고 있으며 실시간 방송이 가능해 기존 방송을 대체하는 미디어로 활용되고 있기도 하다. 자신의 입맛에 맞는 뉴스나 정보를 찾아서 보는 형태로 이용자가 급격히 늘고 있다. 유튜브의 특징은 수익을 낼 수 있다는 것이다. 수십만 또는 수백만의 구독자를 가진 유튜브 운영자가 나오고 있고 이들은 엄청난 수익을 올리며 화제와 동경의 대상이 되고 있기도 하다. 기존 언론 매체 못지않은 영향력을 가진 이들 유튜버는 정치·경제·사회·문화 등 다양한 분야에서 영향력이 증대되고 있다.

하나의 주제로
특화해야 한다

잘되는 음식점은 한 가지 메뉴로 승부한다. SNS도 마찬가지다. 한 가지 주제를 가지고 운영해야 한다. 백화점 메뉴로는 남과 차별화되지 않기 때문에 큰 인상을 남기기 어렵다. 자신의 전문적 분야를 정해 그에 대한 것을 주로 다뤄야지 이것저것 닥치는 대로 올려서는 특징적 이미지를 만들 수 없다. 취미 활동의 경우에도 영화·사진·등산·여행 등 어느 한쪽으로 특화해야 한다. 메뉴를 하나로 정해 집중적으로 운영해야 한다.

양념으로 서버메뉴를 곁들이는 것은 괜찮으나 메뉴가 지나치게 많으면 혼란스럽다. 저자의 경우 블로그는 우리말과 글쓰기에 집중하고 페이스북은 주로 사진을 찍어 올리고 있다. 특징적 이미지를 남기기 위해서는 지나치게 포괄적인 내용의 블로그나 SNS 이름을 피해야 한다. 블로그의 경우 폴더가 많아지면 메뉴가 그만큼 늘어나는 것이므로 폴더를 너무 많이 만들지 않는 것이 바람직하다.

SNS의 특징과 장점

- 가장 빠르게 소식을 전한다.
- 가장 정확하게 사실을 전한다.
- 만들기 쉽고 관리하기 편하다.
- 운영자의 감정을 그대로 전달한다.
- 주제와 의견 교환이 자유롭다.
- 언제, 어디서든 시청이 가능하다.
- 마케팅 도구로 이용되기도 한다.
- 자신의 입맛에 맞는 정보를 얻을 수 있다.
- 개인이 하나의 언론 매체를 소유한 것이나 마찬가지다.

딱딱한 글보다
시청각적인 것이 낫다

블로그나 트위터, 페이스북 등 SNS는 매체의 특성상 어렵고 딱딱한 글보다 사진이나 음악, 동영상 등 시각·청각적인 재료가 호감을 얻는다. 딱딱한 글은 신경을 집중해 읽어야 하므로 가벼움과 재미를 추구하는 온라인의 속성상 별로 관심을 끌지 못한다. 눈과 귀를 즐겁게 하는 아이템을 많이 올려야 한다.

글을 올릴 때도 가능하면 관련 사진이나 그림, 음악을 곁들이는 것이 좋다. 사진이나 음악, 동영상 등을 올릴 때는 적당히 제목과 설명을 달아 홈에 노출되거나 검색엔진에서 쉽게 찾을 수 있게 해야 한다. 사진에는 두세 줄 정도의 간단한 설명이 적당하다. 시는 사진이나 음악을 곁들이면 더욱 빛이 난다. 음악을 올릴 때도 분위기에 맞는 사진을 첨부하고 가사를 함께 올리거나 몇 줄의 설명을 덧붙이는 것이 좋다. 다만 음악은 저작권 문제가 있으므로 신중해야 한다. 저작권 제한 없이 사용할 수 있는 음악을 찾아 올려야 한다.

SNS의 문제점

- 여론 조작이 가능하다.
- 사실 확인이 어렵다.
- 지나치게 빠져들 수 있다.
- 감정이 절제되지 않는 경우가 있다.
- 뻥튀기 제목이 많다.
- 신뢰성이 떨어진다.
- 사생활 침해가 일어난다.
- 저작권 침해가 발생한다.
- 상대적 박탈감을 느끼기 쉽다.

03

글은
짧게 써야 한다

글을 올리는 경우 길게 써서는 안 된다. 온라인상에서는 첫눈에 길어 보이면 외면당하기 십상이다. 한 화면에서 끝이 보일 정도의 길이가 적당하다. 블로그의 경우 사진과 함께 올린다고 가정하면 500~1000자 정도 된다. 길어도 1000자를 넘기지 않는 게 바람직하다. 1000자를 넘는 글은 누구나 부담스럽다.

특히 SNS에서는 클릭했을 때 길어 보이면 아예 읽으려 하지 않는다. 긴 글은 어떻게 해서든 줄여서 올려야 한다. 페이스북에서는 300~500자 정도로 블로그보다 더욱 짧게 써야 한다. 가급적 '더보기'를 누르지 않고도 전체 글을 볼 수 있게 하는 것이 좋다. 글의 양을 줄이기 위해서는 글을 압축하는 기술이 필요하다. 이런 작업을 하다 보면 글 쓰는 실력도 많이 는다. 줄이기 어렵다면 몇 회에 나누어 게재하는 것이 바람직하다.

SNS 활용상의 주요 기능

- 글쓰기
- 사진·동영상 올리기
- 댓글 달기
- 추천(좋아요) 누르기
- 퍼가기
- 쪽지(메시지) 보내기
- 친구 등록, 나쁜 친구 등록
- 접속 중인 친구 알림 기능
- 들른 사람의 주소 자동 기록
- 공유하기
- 태그 달기

04

제목이
절대적이다

SNS에서는 특히 제목이 중요하다. 제목을 보고 그 글을 볼지 말지 결정하기 때문이다. 새 글의 제목이 자동으로 홈에 노출(RSS 기능)되므로 그것을 보고 찾아오는 경우가 대부분이다. 블로그의 경우 화면 우측에 뜨는 새 글의 제목을 보고 찾아오기도 한다. 네이버나 다음 등 다른 검색엔진에서 제목이 키워드로 걸리기도 한다. 따라서 제목은 우선 남들의 관심을 끌 수 있는 것이어야 한다.

그렇다고 본문의 내용과 관련성이 적은 것으로 제목을 달아서는 안 된다. 만약 제목이 본문의 내용과 다르다면 사기나 마찬가지다. 다소 가벼운 것을 다루는 SNS의 특성상 손님을 끌기 위해 내용은 별것이 없더라도 제목을 거창하게 달고 싶은 유혹을 느끼게 된다. 소위 '뻥튀기 제목'이 그것이다. 하지만 이런 충동은 가급적 자제하는 것이 좋다.

독자를 현혹하기 위해 지나치게 자극적이거나 사실을 과장한 제목을 다는 것은 자신의 SNS에 대한 신뢰도를 심각하게 떨어뜨리는 일이다. 일회성으로 많은 클릭수를 기록할지는 모르지만 독자가 속았다는 기분이 들면 이후에는 그곳을 찾지 않는다. 본문의 내용을 압축해 보여 주면서도 많은 사람의 관심을 끌 수 있는 감각적인 제목을 다는 기술이 필요하다.

05 매일 하나씩
올려야 한다

SNS의 생명은 신선함이다. 늘 새로운 무엇인가가 있어야 한다. 며칠 전에 들렀다 다시 왔는데 그 내용물이 그대로 있으면 다시 오고 싶은 마음이 뚝 떨어질 수밖에 없다. 따라서 매일 새로운 것을 하나씩 올려 그곳에 가면 무언가 신선한 볼거리가 있다는 인상을 심어 주어야 한다.

더욱 많은 사람에게 보이기 위해 주 메뉴에는 같은 내용이 며칠 있어도 되지만 그럴 경우 다른 폴더에라도 새로운 것을 올려야 한다. 그러나 매일 새로운 것을 생산해 내기는 쉽지 않다. 저자도 일에 쫓기다 보면 SNS에 며칠씩 새로운 것을 올리지 못하는 경우가 적지 않다. SNS를 잘 하려면 무엇보다 부지런해야 한다.

블로그 용어

- 블로그(blog) 블로거가 기록한 블로그 게시물이나 콘텐츠로 내용이 구성된 웹사이트
- 블로거(bloger) 자신의 블로그를 만들어 관리하는 사람
- 블로깅(blogging) 타인의 블로그를 방문해 글을 읽거나 필요한 자료를 모으는 등의 블로그 활동
- 포스팅(postting) 글이나 이미지를 블로그에 올리는 것을 말함
- 댓글(comment) 포스팅된 글이나 이미지 바로 밑에 즉시 남길 수 있는 짧은 글. 코멘트·덧글·리플이라고도 부름
- 스킨(skin) 블로그 디자인
- 팀블로그(teamblog) 여러 명이 하나의 블로그에 글을 쓰고 함께 운영하는 블로그
- 태그(tag) 포스팅한 글의 핵심이 되는 어휘
- 템플릿(template) 블로그의 기본적 구성 형식과 디자인 양식
- 트랙백(trackbacks) 다른 블로거들이 어떤 블로그의 게시물이나 게시물의 일부와 관련된 글을 쓸 때 사용하는 인터넷 주소. 링크와 비슷한 개념
- 파비콘(Favicon) 인터넷 웹브라우저의 주소창 옆에 붙은 조

그마한 아이콘

- 위젯(weget) 인터넷에서 정보를 전달받아 화면에 표시하는 작은 윈도. 달력·메모장·검색·시계·지도·뉴스 등
- RSS(Really Simple-Syndication) 업데이트가 빈번한 웹사이트의 정보를 자동적으로 쉽게 사용자들에게 제공하기 위한 서비스의 일종
- 블로그웨어(blogware) 블로그 게시물을 만들고 블로그를 관리할 때 사용되는 소프트웨어
- 고유링크(permalinks) 특별한 블로그 게시물에 붙여진 변하지 않는 링크(url)
- 공유·퍼가기 남의 내용물을 자신의 블로그로 옮겨오는 기능

06 발품을 많이 팔아야 한다

SNS는 품앗이 성격이 강하다. 간 만큼 온다. 마실을 다니듯 발품을 팔면 팔수록 내 집에도 손님이 오게 돼 있다. SNS에는 트랙 백(track back) 기능이 있어 댓글에 상대방의 주소가 자동 기록되고 어느 시간에 누가 들렀는지, 내가 단 댓글에 답글은 달렸는지 등 서로의 흔적이 그대로 남아 있다. 흔적을 누르면 바로 그 사람의 SNS로 갈 수 있기 때문에 당연히 그 사람의 SNS를 다시 찾게 된다.

내 집에 잘 오지 않는 사람에게는 나도 별로 가고 싶지 않은 게 인지상정이다. 공들여 올린 아이템에 찾는 사람이 없다면 김이 빠지므로 내가 들른 만큼 와서 봐 주기를 바라는 심리가 강하다. 내가 들러 추천을 누르고 댓글을 남겼는데 상대는 그러지 않는다면 사람의 심리상 그곳엔 더 이상 가지 않는다.

이처럼 SNS는 내가 가서 기여한 만큼 내 SNS에도 와서 그렇게 해 주기를 기대하는 마음이 강하다. 최소한 내 SNS에 들른 사람의 SNS를 찾아가 인사하는 것을 잊어선 안 된다. 찾아다니며 일일이 인사하는 것도 보통 일이 아니다. 내 SNS에 내용물을 올리는 것 못지않게 남의 SNS를 찾아다니면서 유대관계를 형성하는 것이 중요하다.

인스타그램 용어

- 팔로(follow) 상대방의 소식을 받아보겠다는 것
- 팔로어(follower) 나를 팔로하고 있는 사람들. 즉 내 소식을 받아 보는 사람. 연예인들은 팔로어 숫자가 많음
- 팔로잉(following) 내가 소식을 받아보고자 하는 사람, 내가 친구로 추가한 사람
- 언팔로(unfollow) 팔로를 취소하는 것. 친구를 끊음
- 논팔로어(nonfollower) 팔로 자체를 하지 않는 사용자
- 선팔 먼저 팔로하는 것
- 맞팔 서로 팔로하는 것
- IGTV(Instagram TV) 2018년 8월 출시. 유튜브와 같은 동영상 플랫폼. 인스타그램 피드에 영상은 1분으로 한정돼 있기 때문에 1분 이상의 영상을 올리고자 할 때 사용
- 내 스토리 위치 기반이나 해시태그로 검색할 수 있는 기능으로 공유하고 싶은 친구나 그룹을 선택하면 되고 24시간이

지나면 포스팅된 스토리가 사라지게 됨. 일반 포스팅과 달리 좋아요를 누르거나 댓글을 달 수 없고 다른 사람이 공유할 수도 없음

07 시선을 끌 만한 편집이 필요하다

보기 좋은 떡이 먹기도 좋은 법이다. 블로그·페이스북·유튜브 등 모든 SNS가 마찬가지다. 내용물을 최대한 보기 좋게 편집해 올려야 남들의 시선을 끌 수 있다. 좋은 내용이더라도 밋밋하게 처리해서는 눈에 띄기 어렵다. 글과 사진, 음악 등을 적절하게 편집해 화면을 아름답게 꾸밀 수 있어야 한다. 사진·그림의 크기·모양 등을 자유자재로 조절해 다양하게 배치하고 글자 모양이나 색깔을 예쁘게 꾸미는 등 편집 기술이 필요하다. 특히 유튜브를 운영하기 위해서는 동영상을 편집할 수 있는 기술을 익혀야 한다.

블로그의 경우 자체에도 다양한 편집 기능이 있으므로 이를 충분히 활용하면 된다. 포토샵 등 사진을 편집하는 기술을 익히면 더욱 좋다. 음악도 기술이 있어야 원하는 것을 자유자재로 올릴 수 있다. 저작권에 저촉되지 않는 음악을 찾아내는 노하우도 필요하다. 단순히 사진·음악·동영상 등을 올리는 기능뿐 아니라 나아가 이를 더욱 예쁘게 가공할 수 있는 기술을 익혀야 남들보다 화려한 SNS를 만들 수 있다. 유튜브의 경우 초기 화면에 보이는 섬네일을 시각적이고도 유혹적으로 만들면 더욱 많은 클릭을 끌어들일 수 있다.

트위터 용어

- 트윗(tweet) 글쓰기 버튼을 누르고 작성하는 것으로 트위터의 핵심 기능. 글자는 140자 제한, 사진은 4장, 동영상은 140초로 제한
- 리트윗(retweet) 다른 사람의 트윗을 자신의 계정으로 그대로 다시 트윗하는 것. 즉 팔로잉하는 이용자의 트윗에 공감한 내용이 있을 경우 그것을 자신의 팔로어에게 전달할 때 사용
- 팔로(follow) 다른 사람을 팔로하면 그 사람이 쓴 트윗이 내 타임라인에 나오게 됨.
- 팔로어(follower) 나를 팔로한 사람으로 내가 쓴 트윗이 팔로어의 타임라인에 나타나게 됨. 팔로어의 숫자가 곧 자신의 자부심이 됨
- 팔로잉(following) 내가 팔로하는 사람
- 타임라인(timeline) 트위터를 켜면 가장 먼저 뜨는 페이지.

내가 쓴 트윗과 내가 한 리트윗, 내가 팔로잉한 사람들의 트윗과 리트윗을 시간순으로 볼 수 있음. 줄여서 탐라라고도 부름

- **알티**(RT=ReTweet) 다른 사람의 트윗을 자신의 타임라인으로 퍼가는 행위. 트위터 전파력의 원동력. 메시지에 RT라는 표현이 붙는다. 리트윗으로 상대방 글을 그대로 퍼가는 것과 달리 자신의 코멘트를 붙일 수 있음

퍼가기 좋은 것을 많이 올려라

　SNS의 핵심 기능 중 하나가 공유다. 남의 SNS에 갔다가 마음에 드는 내용물이 있으면 '퍼가기' 또는 '공유' 기능을 이용해 자기 SNS로 바로 옮겨올 수 있다. 자기 아이템은 다소 부족하더라도 남의 좋은 내용물을 가져다 채움으로써 자기 SNS를 풍성하게 할 수 있다. 꼭 내가 작성한 것이 아니더라도 남에게 좋은 볼거리를 제공하면 된다.

　특히 SNS 개설 초기에는 자신의 콘텐츠가 빈약하므로 일단 남의 것을 가져다 많이 채워 넣는 것이 필요하다. 매일 새로운 내용을 올리기 어려운 경우에도 남의 것을 가져다 놓기라도 해 볼거리를 제공해야 하므로 '퍼가기'가 중요하다. 따라서 그곳에 가면 늘 가져올 만한 아이템이 있다는 인상을 심어 주어야 많은 고객을 확보할 수 있다.

　지금은 조인스 블로그가 없어졌지만 당시 저자의 블로그인 '우리말 산책'이 꾸준히 인기를 유지한 것도 우리말·글쓰기 등과 관련해 퍼가기 할 만한 거리가 많기 때문이기도 하다. 총 퍼가기

횟수가 거의 1만 건을 기록할 정도였다. 누구나 관심을 가질 만한 유익한 내용이거나 자료로서 가치가 있는 글, 아름다운 사진·그림, 감미로운 음악 등이 퍼가기 좋은 아이템이다. 블로그와 달리 요즘 유튜브에서는 공유 건수가 수십만 건에 이르는 경우가 허다하다.

유튜브 용어

- 브이로그(Vlog) Video+blog의 합성어. 유튜버 본인의 일상을 담은 영상 콘텐츠
- 채널(Channel) 유튜버 본인의 아이디 개설을 채널이라 함. 방송 채널처럼 유튜브에 자신의 채널을 개설해 동영상을 올림
- 구독(subscribe) 채널의 구독 버튼을 누르면 구독 신청 완료. 그 채널을 지속적으로 보려면 구독을 누르는 것이 좋음. 구독 숫자는 유튜버의 영향력을 상징하며 수익과도 연관됨
- ASMR(Autonomous Sensory Meridian Response) 뇌를 자극해 심리적인 안정을 유도하는 영상. 바람이 부는 소리, 연필로 글씨를 쓰는 소리, 바스락거리는 소리 등 제공
- 알림 버튼 내가 구독 중인 채널에 새로운 동영상이 올라오

면 알림으로 안내해 줌

- **좋아요 버튼** 마음에 드는 영상을 '좋아요' 클릭하면 됨
- **인플루언서(influencer)** 타인에게 영향력을 끼치는 사람. 유튜브 등 SNS상에서 영향력이 큰 사람
- **채널아이콘(Chanel icon)** 회사를 대표하는 CI와 같은 대표 로고
- **채널아트(Chanel art)** 유튜브 채널에 접속 했을 때 가장 상단에 보이는 배경화면
- **커버영상** 유명 가수의 노래나 춤을 자기만의 방식으로 소화한 영상
- **컷편집** 영상을 통해 하고 싶은 이야기를 만드는 과정
- **타임랩스(Timelapse)** 사진을 일정한 시간 간격으로 촬영해 연속된 이미지로 보여 주는 것

친구 관계를
많이 맺어라

09

블로그의 특징 가운데 하나가 블로거(blogger·블로그 사용자) 사이를 밀접하게 연결하는 기능이 있어 서로를 가깝게 엮어 준다는 점이다. 페이스북 등 다른 SNS도 마찬가지다. '친구등록' 기능을 활용해 마음에 드는 사람끼리 친구 관계를 맺어 유기적으로 교류하게 된다. 유튜브는 '구독'이 이러한 역할을 한다고 볼 수 있다.

블로그의 경우 친구 관계를 맺으면 화면 우측에 그 친구가 현재 로그인 상태인지 아닌지도 나타나게 된다. 낮에는 물론 밤늦게까지 누가 SNS를 하고 있는지 금방 알 수 있다. 따라서 그 친구와 인사를 더 자주 나누게 되고 그 SNS를 더 자주 찾게 된다. 친구 관계를 맺으면 누가 오늘 생일인지도 자동으로 알려 주므로 빠지지 않고 생일을 챙겨 줄 수도 있다. 생일엔 쪽지나 방명록이 축하 인사로 가득하다. 비록 인터넷상에서 주고받는 인사지만 얼굴을 맞대고 하는 인사 못지않게 축하받는 기쁨을 누릴 수 있다.

친구 관계를 통해 SNS에는 수많은 무형의 커뮤니티가 형성된다. 번개 모임이나 오프라인 활동도 SNS 친구들을 중심으로 이루어진다. 친구가 많다는 것은 그만큼 SNS가 활성화돼 있다는 의미로 볼 수 있다. 붐비는 SNS가 되기 위해서는 가능하면 친구 관계를 많이 맺어야 한다. 특히 유튜브의 경우 구독자 수가 그 매체의 힘을 대변하고 수익으로도 직결된다.

SNS 신 유행어

- 사이다 통쾌하고 시원하다
- 개꿀잼 정말로 재미있다
- 핵노잼 정말로 재미없다
- 개이득 큰 이득
- 어그로 비매너적인 행위로 관심을 끄는 의미
- 먹스타 그램 자신이 먹은 음식을 찍어 SNS에 올린 사진
- SNS 헌팅(SNS hunting) SNS를 통해 상대가 어떤 사람인가를 파악해 친구로 등록한 뒤 쪽지나 댓글을 통해 자신을 알리면서 이성을 사귀는 것. SNS를 하는 재미를 더해 줌
- 비덕 덕후의 대중화로 생겨난 말. 덕후가 아닌 사람을 지칭하는 용어
- 덕통사고 '덕질'과 '교통사고'의 합성어. 갑자기 '입덕'했다는

글쓰기 정석

뜻

- **궁예** 자신이 상대방의 의중을 모두 파악했다는 듯이 말하는 이를 비꼬아 쓰는 말
- **위꼴샷** 위를 자극할 정도로 식용이 당기는 음식 사진
- **드렐피** 술에 취한 자신의 모습을 찍어 올리는 사람들. 다리 사진은 '렐피', 운동 하고 있는 모습은 '웰피'
- **현타** 현실자각타임을 줄인 말. 갑작스럽게 어떤 일이 발생하거나 갑작스럽게 많은 힘을 써서 자각에 빠지는 시간을 나타내는 말
- **현피** '현실'의 '현'과 'PK(Player Kill)'의 'P'의 합성어. 인터넷에서 만난 사람과 실제로 만나 싸우는 것을 지칭
- **인싸** 조직이나 또래 집단에 잘 어울리고 유행에서 앞서간다는 인사이더(Insider)의 줄임말
- **인싸템** '인싸'에 물건을 의미하는 아이템(Item)이 합쳐진 신조어
- **핵인싸** '인싸'처럼 무리와 잘 지내는 사람과 핵처럼 위력 있는 사람을 합친 것. 다른 사람들과 아주 잘 어울리는 사람
- **인싸템** '인싸'와 아이템(Item)이 합쳐진 용어
- **버로우** 자신있게 떠벌리다 약점이 발견돼 자취를 감출 때 사용. 스타크래프트에서 파생된 단어
- **ㄷㄱㅈ** 답글 좀

- ㄱㅊㅌ 귀찮다

- 낫닝겐 '낫(NOT)'과 '닝겐(인간의 일본어)' 합성어. 아주 멋지거나 훌륭해서 인간이 아닌 듯하다는 의미

메시지 기능을
적절히 활용하라

SNS를 재미있게 만드는 요소 중 하나가 메시지 기능이다. 상대방에게 쪽지나 메시지를 보내면 그쪽에서 실시간으로 팝업 형태로 화면에 뜨기도 해 언제든 대화가 가능하다. 쪽지를 이용해 상대와 처음으로 인사를 나누기도 하고, 친근한 사이에서는 쪽지를 주고받으며 긴 대화를 이어가기도 한다. 생일 등 축하 메시지도 쪽지로 전할 수 있다.

최근에는 SNS 헌팅(SNS hunting)이란 유행어도 생겼다. SNS를 통해 상대가 어떤 사람인지 파악해 친구로 등록한 뒤 메시지나 댓글을 이용해 자신을 알리면서 이성을 사귀는 것을 말한다. 무엇보다 둘만이 은밀하게 대화할 수 있는 메시지 기능이 SNS 헌팅 역할을 하고 있다. 특히 실시간 대화가 가능하다는 점에서 메시지는 매우 유용한 커뮤니케이션 수단이다.

그러나 주의해야 할 점은 쪽지 기능은 어디까지나 SNS의 윤활유 역할에 머물러야 한다는 것이다. 상대가 불편해할 정도로 쪽지나 메시지를 자주 보내거나 혼자의 감정으로 상대가 받아들이기 어려운 내용을 전해서는 안 된다. 메시지를 이용해 상대를 괴롭히는 사람도 있어 능력 있고 선량한 SNS 이용자가 떠나는 경우도 생기고 있다. 블로그에서 이런 예를 많이 보았다. 간단한 인사를 전하고 궁금한 사항을 물어보는 등 메시지 기능은 꼭 필요한 경우에만 적절하게 사용해야 한다.

유튜브 신조어

- **뇌피셜** '뇌'와 'official'을 합성한 신조어. 자신의 상상이나 생각이 이루어지는 공간인 '뇌'와 '공식적'이라는 뜻의 영어 단어가 결합한 형태. 자신의 머리에서 나온 주관적인 생각을 공식적이거나 객관적인 사실이라고 믿고 주장하는 행위
- **오피셜(official)** '뇌피셜'과 대비되는 개념
- **지피셜** '지인'과 '오피셜'이 결합한 용어. 지인에게서 들었다고 말하면서 자신의 얘기가 사실임을 주장하는 행위
- **쉴드친다** 시시비비를 떠나 무조건적인 사랑으로 연예인(스타)을 감싸는 팬들의 일관된 행위나 옹호 글을 가리키는 말. 쉴드(shield)는 원래 방패·보호물·옹호자 등을 뜻하는 영어. 요즘은 정치적 신념을 같이 하는 사람들이 자기네 편을 무조건적으로 옹호하는 행위를 지칭하는 말로도 사용. 유튜브에

서는 상대를 좋게 언급하는 말을 하거나 그러한 댓글을 다는 등의 행위를 지칭함

- 어그로(aggro) 관심을 끌고 분란을 일으키기 위해 자극적인 내용의 글을 올리거나 악의적인 행동을 하는 일
- 불소 불타는 소통
- 실매 실시간 매니저
- 반모 반말 모드
- 설참 설명 참고
- 전공 전체 공개

유혹하는
기획서 쓰기

"

제10장

직장인들은 기획서 작성을 피할 수 없다. 요즘은 거의 모든 분야에서 기획서를 써야 한다. 직장인이라면 적극적으로 아이디어를 내고 기획해 문서 형태로 만들어 제출할 수 있는 능력이 필요하다. 기획서 하나로 능력을 인정받기도 하고 무능한 사람으로 낙인찍히기도 한다. 개인적인 비즈니스도 대부분 기획서 제출로 사업의 단계가 시작된다.

기획서란 자신의 아이디어를 상사나 의뢰인에게 제출할 목적으로 작성하는 문서를 말한다. 어떤 사실에 대한 자신의 생각을 단순히 정리하는 것이 아니라 아이디어와 창의성이 포함된 각종 계획을 체계적으로 정리한 문서가 기획서다. 회사에 따라서는 계획서·기안서·제안서라 불리기도 한다. 사업 계획, 영업 계획, 마케팅 계획 등 사내를 대상으로 하는 기획서와 거래처나 관계기관의 업무를 대상으로 하는 사외 기획서가 있다.

　직장인들은 기획서 작성을 피할 수 없다. 과거에는 기획·마케팅·홍보 등의 분야에서 주로 기획서를 작성해 왔으나 요즘은 거의 모든 분야에서 기획서를 써야 한다. 직장인이라면 단순 업무를 수행하는 것에 그치지 않고 적극적으로 아이디어를 내고 기획해 문서 형태로 만들어 제출할 수 있는 능력이 필요하다. 기획서 하나로 능력을 인정받기도 하고 무능한 사람으로 낙인찍히기도 한다. 개인적인 비즈니스를 하는 사람도 대부분 기획서 제출로 사업의 단계가 시작된다.

기획서는 상대를 설득하는 데 목적이 있다. 의도했던 효과를 기대할 수 없거나 수용자를 설득하지 못하는 기획서라면 애써 많은 시간과 비용을 들여 작성할 필요가 없다. 따라서 상대를 설득해 원하는 효과를 얻는 것이 무엇보다 중요하다. 성공하는 기획서, 즉 상대의 입맛을 맞추어 상대를 움직이게 하는 기획서가 되려면 몇 가지 요령이 필요하다.

우선 상대방이 읽게 만들어야 하므로 눈에 확 띄는 기획서로 처음부터 상대의 마음을 사로잡아야 한다. 또한 읽는 사람을 배려해 가능하면 한 장으로 끝내는 것이 좋다. 그래야 빠른 의사 결정을 유도할 수 있다. 그리고 시간이나 비용 등 여러 면에서 상당한 효과나 이득을 볼 수 있다는 사실을 보여 줌으로써 상대의 흥미를 끌 수 있어야 한다.

01

첫인상이
중요하다

사람을 만날 때 5초의 법칙이라는 것이 있다. 상대를 만나자마자 5초 만에 그 사람에 대한 호불호(好不好)가 결정된다는 것이다. 미팅을 해본 사람이라면 누구나 이러한 사실을 더욱 인정할 것이다. 기획서도 마찬가지다. 첫인상이 좋아야 전체적으로 호감을 가지고 긍정적으로 바라보게 된다. 첫인상이 좋지 못하다면 그만큼 실패할 확률이 높아진다. 따라서 첫인상에 신경을 쓰는 수밖에 없다.

기획서의 목적은 한마디로 채택되는 것이다. 채택되지 않는 기획서는 의미가 없다. 채택되지 못하는 기획서라면 애초에 시간과 비용을 들여 작성할 필요가 없다. 상대를 설득하고 채택되도록 하기 위해서는 우선 상대방이 읽게 만들어야 하므로 첫인상이 중요하다.

첫인상을 좋게 하기 위해서는 무엇보다 눈에 확 띄는 기획서를 만들어야 한다. 기획서를 받아들자 마자 무언가 눈에 확 들어오는 것이 있어야 더욱 관심이 가게 마련이고 또 긍정적인 시각으로 바라볼 수 있다. 따라서 표지·제목·색상 등에 공을 들여 처음부터 상대의 마음을 사로잡아야 한다.

눈에 확 띄는 기획서

- 표지가 매력적이어야 한다.
- 배경 이미지가 예뻐야 한다.
- 제목과 부제목으로 휘어잡아야 한다.
- 서체와 레이아웃에 신경 써야 한다.
- 그래프와 차트를 적절하게 활용해야 한다.
- 컬러를 이용하되 지나치게 현란해서는 안 된다.
- 표지에 상대 회사의 로고를 넣으면 좋다.
- 작성자의 이름은 작게 써야 한다.

02 한 장으로 끝내라

윗사람들은 어떤 기획서를 좋아할까? 무엇보다 짧은 기획서다. 길면 일단 부담스럽다. 다 읽어보고 결정을 내려야 하는데 시간이 너무 많이 걸리기 때문이다. 따라서 읽는 사람을 배려해 가능하면 짧게 쓰는 것이 좋다. 여러 가지 결정을 내려야 하는 경우 가장 쉬운 것부터 선택하게 마련이다. 짧게 써야 빠른 의사 결정을 유도할 수 있다.

기획서의 본질은 상대방을 설득하고 그에 대한 결정을 내리도록 만드는 글이다. 상대방에게 정보를 제공하기 위한 글이 아니다. 그러므로 지나치게 많은 정보를 담아 길게 쓸 필요가 없다. 여러 장으로 기획서를 작성했을 경우 우선순위에서 밀릴 가능성이 크다. 길면 상대를 배려하지 않았거나 상대의 전문성을 인정하지 않는다는 느낌을 주기도 한다.

양으로 승부하던 시대는 지났다. 가능하면 한 페이지로 작성해 목표를 명확하게 하고 그것에 집중하게 해 주는 것이 좋다. 처음부터 구구절절이 설명하면서 길게 적어 내려갈 필요가 없다.

꼭 있어야 하는 정보만 담아 빠르게 의사결정을 유도해야 한다. 구체적인 사안은 요구가 있을 경우 따로 제출하거나 설명하면 된다.

한 페이지 분량이 좋다고 해서 쓰기 쉬운 게 아니다. 짧은 것이 오히려 쓰기 어려운 경우가 많다. 짧기는 하지만 분명한 기획서이므로 상대방을 끌어들여 설득하는 요소를 담고 있어야 한다. 한 페이지에 모든 내용을 담으려면 더욱 철저하게 정보를 수집하고 평가해야 하며 육하원칙에 따라 완벽하게 작성해야 한다. 또한 글을 압축해야 하므로 적절한 단어를 골라 간결하게 표현하는 기술이 필요하다.

03
흥미로운
내용이어야 한다

상대를 끌어들이는 데 가장 효과적인 것은 뭐니뭐니 해도 흥미로움이다. 채택되는 기획서가 되기 위해서는 흥미로운 내용을 담고 있어야 한다. 여기에서 흥미로운 내용이란 상대의 관심을 끌 수 있는 매력적인 내용을 가리킨다.

매력적인 내용으로 상대의 마음을 끌어들여야 채택될 가능성이 커진다. '이대로 하면 비용이나 시간이 절약된다' '이것을 실행하면 생산성을 높일 수 있다' '우리에게 꼭 필요한 것이다'고 생각하게 하는 내용이 포함돼 있어야 한다.

새로운 내용 없이 그저 그런 기획서라면 상대가 관심을 가질 리 없다. 과거에 어디에서 본 듯하거나 누구나 쉽게 생각해낼 수 있는 것이라면 상대의 주의를 끌 수 없다. 무엇보다 시간이나 비용 등 여러 면에서 상당한 효과나 이득을 볼 수 있다는 사실을 보여 주어야 상대가 흥미를 느낄 수 있다.

흥미를 일으키는 네 가지 포인트

- **신선함** 이전에는 없던 새로운 방법임을 보여 준다.
- **저비용** 비용을 절감할 수 있다는 사실을 일깨운다.
- **고효율** 효율성을 높일 수 있다는 점을 보여 주어야 한다.
- **메리트** 어떤 장점이 있는지를 구체적으로 제시한다.

04 상대방에 대해
많이 알아야 한다

　연애를 시작할 때 상대방에 대해 잘 아는 것이 중요하다. 상대 방의 성격이나 취미 또는 좋아하는 것이나 싫어하는 것을 미리 알고 있다면 연애의 성공 확률이 높아진다. 상대방에게 이러한 것을 직접 물어보면 되겠지만 그럴 수 없다면 빨리 이런 것을 스스로 깨우치고 그에 맞추어 상대를 대하는 것이 지름길이다.

　기획서도 마찬가지다. 기획서 역시 상대방의 호감을 얻으면서 상대를 설득하는 것이므로 기획 내용을 전하는 상대방에 대해 아는 것이 무엇보다 중요하다. 상대방이 어떤 사람인지를 철저하게 조사해 그에 맞추어 기획서를 작성하고 절차를 진행해 나가는 것이 필요하다. 상대가 기업체라면 어떤 회사인지를 우선 자세하게 파악한 뒤 기획을 실행해 나가는 것이 바람직하다.

　따라서 상대가 회사라면 기획을 입안하기 전에 그 기업의 역사나 현재 상태 등에 대해 조사하는 것이 좋다. 대부분 회사가 인터넷 홈페이지를 운영하고 있으므로 우선적으로 그곳에 들어가 보면 된다. 사훈, 상세한 업무내용, 취급 상품 등 유용한 정보를 쉽게 얻을 수 있다. 그런 다음 인터넷에서 그 회사와 관련한 기사 등을 조회해 보면 최근 움직임과 성과 등을 손쉽게 파악할 수 있다.

어떤 행동이 필요한지
명확하게 하라

　기획서에서 제시한 내용이 마음에 든다면 상대방은 그 내용을 실행하기 위해 다음 단계로 넘어가야 한다. 이때 다음 단계로 넘어가기 위해 상대방이 어떤 행동을 취해야 하는지 분명하게 알려 주어야 한다. 그러지 않는다면 기획서는 실행이라는 최종 목적을 달성할 수 없게 된다. 따라서 기획 의도에 맞추어 상대방이 어떤 행동을 하거나 조치를 취해야 하는지 명확하게 알려 주어야 한다.

　어떻게 하면 기획서를 작성한 사람을 도울 수 있는지도 함께 밝혀야 한다. 어디로 연락을 해야 할지, 어떤 서류를 준비하고 어디로 보내야 할지 등 원하는 바를 정확하게 알려야 상대가 그에 따라 행동을 취할 수 있다. 협조가 필요한 곳이 있다면 어느 부서나 어떤 기관에 무엇을 요청해야 할지 등도 모호하지 않은 표현으로 구체적으로 알려 주어야 한다.

기획서 작성 시 유의 사항

- 간결하게 작성한다.
- 이해하기 쉽게 작성한다.
- 정확하고 논리적이어야 한다.
- 자료는 출처를 명기한다.
- 주어와 서술어가 명백해야 한다.
- 추상적인 표현을 피한다.
- 실행 계획은 구체적이고 자세히 서술한다.
- 문장에 논리적 오류가 없어야 한다.
- 추상적인 표현을 피한다.
- 가급적 전문용어와 약자를 쓰지 않는다.

06

하나의 기획서에는
하나의 목적만

앞서 글쓰기의 기초에서 글의 주제는 하나여야 한다고 밝힌 바 있다. 기획서도 마찬가지다. 하나의 기획서에 하나의 목적만 있어야 한다. 하나의 기획서에 여러 가지 목적이 있으면 기획 내용을 이해하기 어렵고 혼란스러워지므로 기획 의도가 상대방에게 제대로 전달되지 못한다. 하나의 기획서에 여러 가지 목적이 있으면 언뜻 효율적인 것으로 생각하기 쉬우나 실제는 그 반대다. 어느 부분이 중심인지 분명치 않아 기획서를 읽어 봐야 아무 내용도 들어오지 않는다.

읽어 봐도 의미가 분명하게 다가오지 않는 기획서가 있는데 이런 것은 대부분 목적이 하나로 집약되지 못한 경우다. 예를 들어 한 기획서에 상품 개발에서부터 판매, 애프터서비스 등 여러 가지 내용이 똑같은 비중으로 들어 있다면 언뜻 좋은 것 같지만 그 효과는 반감되게 마련이다. 짧은 기획서에 이렇게 많은 내용이 들어 있으면 어느 것 하나 구체적으로 서술되기 어렵다.

이처럼 여러 가지 내용이 들어 있으면 어느 목적을 이루고자 하는 것인지 알 수 없게 돼 기획 전체가 모호해진다. 이런 경우에는 기획서를 따로따로 작성해 제출하는 것이 좋다. 여러 가지 내용이 섞여 있다는 것은 아직 기획 구성이 어설프다는 얘기가 될 수도 있다. 따라서 하나의 기획서에는 하나의 목적만 담아 기획 의도가 분명하게 드러나도록 해야 한다.

기획서 작성 전에 명확히 해 둘 사항

- 상대가 어떤 사람인지 파악
- 상대가 어떤 회사인지 파악
- 어떤 기획서를 만들고 싶은가
- 작성하는 목적이 무엇인가
- 무엇을 하고 싶은가
- 기획서를 읽고 어떤 행동을 취해 주기를 바라는가

글쓰기 정석

07　요건을 충족시켜라

과제를 분석하고 해결 방안이 마련되면 기획서를 본격적으로 작성해야 된다. 이렇게 작성된 기획서는 먼저 의뢰 내용과 해결해야 할 문제점이란 요건을 갖추어야 한다. 구체적으로는 기획의 목적과 목적을 달성하기 위한 전략, 대상, 구체적인 실시 방법, 실시 시간, 스케줄, 예산 등이 기획서에 포함돼야 할 최소 요건이다.

크게 보면 목적·이유·방법·결과 등 문제해결에 필요한 네 가지 요건을 반드시 충족시켜야 한다. 하나라도 누락되면 완전한 기획서가 될 수 없다. 따라서 기획서를 작성하는 단계에서는 이러한 요건을 빠트리지 않도록 주의해야 한다. 기획을 원활히 진행하고 요건을 충족하는 기획서를 작성하기 위해서는 기획자의 구성력과 문장력도 필요하다.

목적에서는 이 기획이 무엇을 노리고 있는지를 밝혀야 한다. 매출 확대, 생산성 향상, 인지도 개선 등 목적이 무엇인지를 분명하게 적어야 한다. 기획 이유에서는 기획의 필요성·적절성 등을 제시해야 하고 다른 기획과의 차별성도 부각해야 한다. 그런 다음 기획 실행에 필요한 일정·인력·경비·장소·방법 등도 구체적으로 제시해야 한다. 마지막으로 이렇게 함으로써 어떤 효과를 얻을 수 있는가를 설명해야 한다.

문제 해결의 요건

- **목적** 그 기획이 무엇을 노리는 것인가를 나타냄. 매출 확대, 인지도 개선 등
- **이유** 기획의 필요성·적절성 등 제시. 다른 기획과 차별성도 부각
- **방법** 기획 실행에 필요한 일정·인력·경비·장소·방법 등을 구체적으로 제시
- **결과** 어떤 효과를 얻을 수 있는가를 설명. 필요하다면 모의 실험(시뮬레이션) 결과도 제시

08

입안에서
실행까지의 절차

　기획서는 아이디어를 체계적으로 정리한 문서다. 단순히 아이디어만 늘어놓아서는 생각의 나열에 불과하다. 따라서 아이디어를 구체화하고 체계적으로 정리해 나가야 한다. 그러기 위해서는 기획의 입안에서 실행에 이르기까지 몇 가지 절차(프로세스)가 필요하다. 일반적으로 과제설정, 조사·분석, 과제 달성 방법 입안, 기획서 작성, 발표, 기획 실행의 단계를 순차적으로 밟으면서 체계적으로 흐름을 관리해 나간다.

기획서의 제반 절차

- **과제 설정** 문제점을 확인하고 그에 따른 상품의 지명도 제고 등 주제 결정. 직접 결정해 상부에 올리는 것과 상부에서 지시받는 경우가 있음
- **조사·분석** 현재의 지명도, 현재의 매출 등 현황에 대한 조

사·분석 실행

- **과제 달성 방법 제시** 조사·분석 결과에 근거해 광고·이벤트 등 구체적 해결 방법 제시
- **기획서 작성** 설정된 과제에 대해 조사하고 계획한 것을 한눈에 알아볼 수 있도록 기획서 작성
- **발표(프레젠테이션)** 관계자에게 기획서를 배포하고 기획 내용을 설명
- **기획 실행** 기획이 채택되면 기획서의 계획과 일정에 따라 구체적으로 실행

10

완성 후
체크리스트

기획서 작성이 끝나면 문제점이 없는지 최종적으로 점검해 봐야 한다. 작성하다 보면 미처 생각하지 못한 부분이 발견되곤 한다. 우선 사실관계에 왜곡은 없는지 다시 한번 확인해야 한다. 전체 내용이 논리적으로 일관성 있게 전개됐는지, 빠트린 부분은 없는지 등도 살펴봐야 한다.

기획서도 하나의 글이므로 표현 하나 하나에도 정성을 기울여야 한다. 아무리 좋은 내용을 담고 있다 하더라도 문장이 엉망이라면 훌륭한 기획서가 될 수 없다. 표현상의 오류나 오탈자는 없는지, 문맥이 잘 통하는지 등을 살펴봐야 한다. 또 상대를 이해시킬 수 있는 말로 쉽게 서술됐는지 다시 한번 검토해 봐야 한다.

체크리스트

- 사실왜곡은 없는가
- 논리가 일관성 있게 전개됐는가
- 오탈자는 없는가
- 빠트린 내용은 없는가
- 읽기 쉽게, 이해하기 쉽게 서술됐는가
- 내용에 무리는 없는가
- 상대를 이해시킬 수 있는 내용인가
- 표현상 오류는 없는가

프레젠테이션을
잘해야 한다

광고회사에 다니는 친구에게서 들은 이야기다. 광고를 제작한 뒤 의뢰한 회사에 마지막으로 프레젠테이션을 하러 갈 때는 나름대로 노하우가 있다고 한다. 문을 열자마자 "이번에 기가 막힌 광고가 나왔다"고 소리치며 들어간다는 것이다. 그만큼 마지막 단계인 프레젠테이션이 중요하기 때문에 기선을 제압하기 위한 방법으로 그렇게 한다는 것이다.

기획서도 마찬가지다. 기획서 작성 못지않게 의뢰인이나 담당자들 앞에서 하는 프레젠테이션이 중요하다. 아무리 기획서를 잘 만들었다 해도 프레젠테이션을 제대로 하지 못하면 효과가 떨어지게 마련이다. 반대로 다소 부족한 점이 있는 기획서라 하더라도 프레젠테이션을 잘 하면 그만큼 채택될 확률이 높아진다.

이처럼 기획서의 경우 프레젠테이션을 어떻게 하느냐에 따라 성패가 갈릴 수도 있다. 기획서 작성 단계가 끝나면 프레젠테이션을 하기 전에 철저한 준비와 연습을 해 두어야 한다. 앞의 광고 사례처럼 자신이 만든 기획서가 정말로 가치가 있는 것이라는 점을 자신감을 가지고 설득하면서 감동을 줘야 한다. 또한 올바른 화법으로 간단명료하게 설명해야지 주절주절 늘어놓아서는 안 된다.

요즘은 큰 프로젝트의 경우 전문 프레젠터(presenter)가 프레젠테이션을 맡아 하는 경우가 많다. 전문 프레젠터는 프레젠테이션을 직업적으로 하는 사람을 일컫는다. 기획 단계에서부터 전문 프레젠터가 참여해 모든 과정을 함께하면서 내용을 철저하게 파악한 뒤 프레젠테이션을 하기 때문에 작성자가 하는 것보다 오히려 더욱 설득적이고 효율적으로 진행할 수 있다. 필요하면 프레젠터의 도움을 받는 것도 한 방법이다.

프레젠테이션 할 때 지켜야 할 점

- 철저한 준비와 리허설
- 시간 엄수
- 단정한 용모와 복장
- 시선을 똑바로
- 자신감으로 감동 주기
- 간단명료하게 전달
- 올바른 화법 구사

- 목소리와 동작에 유의
- 지나친 전문용어 피하기
- 일방적 전달자가 되지 않기

만점짜리
보고서 쓰기

"

제11장

직장인은 누구나 보고서를 써야 한다. 과거엔 주로 사무직만 보고서를 써 왔으나 요즘은 어느 직무를 막론하고 보고서를 작성해야 한다. 이제는 단순히 기록하는 수준을 넘어 문제점을 분석하고 개선책을 제시하는 등 보고서의 질적 수준이 높아졌다. 직장인들은 보고서를 잘 쓰느냐, 못 쓰느냐에 따라 일에 대한 능력이 평가되기도 한다.

삼성 인력개발원에 따르면 삼성 직원들은 1주일에 평균 3건 정도의 보고서를 쓴다고 한다. 한 건 작성에 투입되는 시간은 평균 2시간30분이라고 한다. 이렇게 많은 시간을 들이고도 만족스러운 내용을 담을 확률은 극히 낮다는 게 자체 평가다. 삼성은 보고서의 질과 보고서 유통 과정의 효율성을 높이기 위해 많은 노력을 기울이고 있다.

이처럼 직장인은 누구나 보고서를 써야 한다. 과거에는 주로 사무직만 보고서를 써 왔으나 요즘은 어느 직무를 막론하고 보고서를 작성해야 한다. 예전에는 보고서도 단순히 업무 과정이나 결과 등을 적는 것이었지만 지금은 전 과정을 기록하는 동시에 문제점을 분석하고 개선책을 제시하는 등 질적 수준이 과거와는 많은 차이가 난다. 성과를 냈다면 그 성과를 가져온 요인이 무엇인지 분석하고 다음을 위해 체계적으로 정리해 놓아야 한다. 실패하는 경우도 마찬가지다. 직장인들은 업무에서 보고서 작성을 피할 수 없으므로 보고서를 잘 쓰느냐, 못 쓰느냐에 따라 일에 대한 능력이 평가되기도 한다.

보고서를 잘 쓰려면 보고서의 특징이 무엇인지, 다른 글과 어떻게 차이가 나는지 알고 그에 맞추어 작성해야 한다. 보고서란 말 그대로 무엇에 대해 보고하는 글이나 문서다. 구체적으로는 특정 일에 관한 현황이나 그 진행상황 또는 연구·검토 결과 등을 보고하고자 할 때 작성하는 문서를 가리킨다. 영업보고서·결산보고서·일일업무보고서·출장보고서·회의보고서 등 종류가 다양하다. 직장인들은 늘 이러한 보고서를 작성해야 한다.

보고서는 현황, 업무의 진행상황 등을 상사에게 전달하는 데 첫째 목적이 있다. 동시에 이것을 씀으로써 자신도 일을 정확히 파악할 수 있고, 다음 행동을 결정하기도 쉬워진다는 데 또 다른 의미가 있다.

보고서도 하나의 글이기 때문에 일반적인 글쓰기와 근본적인 차이는 없지만 상사에게 보고할 목적으로 쓰인다는 점에서 다소 다른 점이 있다. 상사는 결론에 관심이 많기 때문에 무엇보다 결론을 먼저 써야 하고 보고하고자 하는 내용이 무엇인지 한눈에 쉽게 알아 볼 수 있도록 작성해야 하는 등 몇 가지 요령이 필요하다.

01

결론을
먼저 써라

부하 직원에게 보고서를 제출하는 사람은 없다. 보고서는 어떤 사안에 대한 결과를 보고하는 문서이기 때문에 보고서를 읽는 사람은 상사다. 그러므로 무엇보다 읽는 사람인 상사의 특성에 맞추어 작성하는 것이 중요하다. 상사는 무엇보다 결과가 어떠한지가 궁금하다. 어떤 성과를 올렸는지 아닌지, 일이 성공했는지 실패했는지 등 결과에 우선 관심이 있다. 최종결재자는 보고서를 끝까지 읽어 볼 시간이 없는 경우도 많다.

따라서 보고서는 결론이나 중요 사항을 먼저 쓰는 것이 바람직하다. 경과나 이유에 대한 설명, 자신의 의견이나 제안 등은 뒤에 쓰는 것이 좋다. 결론을 먼저 알고 내용을 보면 이해가 빠르고 쉽게 공감할 수 있는 반면 결론을 모르는 상태에서 장황한 얘기를 읽다 보면 지루함을 느끼기 십상이다. 두괄식으로 결론을 먼저 쓰고 나머지는 뒤에서 설명하거나 자료를 첨부하는 방식으로 서술해 나가면 된다.

보고서의 종류

- 영업보고서 재무제표와 달리 영업 상황을 문장 형식으로 기재해 보고하는 문서
- 결산보고서 진행됐던 사안의 결과를 보고하는 문서
- 일일업무보고서 매일의 업무를 보고하는 문서
- 주간업무보고서 한 주간에 진행된 업무를 보고하는 문서
- 출장보고서 회사업무로 인해 출장을 다녀와 외부업무에 대해 보고하는 문서
- 회의보고서 회의 결과를 정리해 보고하는 문서

제목에
핵심 사항을 담아라

보고서를 읽는 사람은 바쁘다. 대부분 여러 개의 보고서를 쌓아 놓고 보게 마련이다. 전체 보고서를 검토하는 데는 시간이 걸리기 때문에 제목을 보고 우선순위를 정하게 된다. 따라서 눈에 띄는 제목으로 제목만 봐도 내용의 상당 부분을 파악할 수 있도록 해야 자기 보고서가 읽히지 않고 방치되는 것을 막을 수 있다.

결론이나 핵심 사항을 간결하게 표현할 수 있는 말로 제목을 달아 읽는 사람이 이것만 보고도 글의 전체 내용을 짐작할 수 있고 핵심 내용이 무엇인지 알 수 있게 해야 한다. 그러자면 큰 제목과 작은 제목을 적절하게 활용해 전체 글의 내용을 압축적으로 표현해야 한다. 포괄적이고 일반적인 내용의 제목으로는 상사의 관심을 끌 수 없다.

출장보고서 작성 방법

- 회사마다 보고서의 기본 양식이 있으므로 해당 양식 이용
- 보고하고자 하는 내용을 간결하게 핵심만 기재
- 객관적 사실에 입각해 서술. 사견이 들어가지 않도록 주의
- 결론을 장황하게 늘어놓아서는 안 됨
- 출장자·출장지·출장목적 등을 정확히 기재
- 지출한 경비에 대해 기재

03

요점을 명확하게 작성하라

보고서는 특정 사안이나 업무 현황을 보고하는 내용을 적은 문서다. 따라서 연구·검토 결과의 요점을 명확하게 작성해야 한다. 즉 보고하고자 하는 내용이 무엇인지를 한눈에 쉽게 알아볼 수 있도록 해야 한다. 그러자면 내용에 따라 사안별로 문장을 나누어 일목요연하고 간단명료하게 작성해야 한다.

또 이해하기 쉬운 문구를 사용해 전하고자 하는 내용의 취지가 충분히 전달될 수 있도록 해야 한다. 그래프·도표·사진 등을 활용해 내용을 파악하기 쉽게 만들면 더욱 좋다. 글이 길어질 때는 적당히 중간 제목을 넣어주면 이해가 빠르고 보기에도 좋다.

조사보고서 작성방법

- 용도를 파악해 읽는 사람이 누구인가에 따라 내용과 형식을 달리한다.
- 그래프 등 시각적인 것을 넣어 조사 결과를 입체적으로 한눈에 파악할 수 있게 한다.
- 통계 분석을 통해 조사 결과를 파악하고 분석한다.
- 조사 설계의 내용(샘플 수, 표본 추출 방법 등)과 분석 방법 등을 구체적으로 서술한다.
- 조사한 내용을 객관적으로 작성한다.
- 조사자의 종합의견을 기재한다.

04

한 장짜리
요약본을 만들라

공룡은 왜 지구상에서 사라진 것일까? 몸집이 너무나 컸기 때문이다. 반면 쥐와 같이 몸집이 작은 동물들은 살아남았다. 몸이 크면 그만큼 신경조직이 발달하지 못해 효율적으로 움직이지 못하고 변화하는 환경에 대처할 수 없기 때문이다. 거대한 기업에서 효율적인 커뮤니케이션이 되지 못한다면 공룡처럼 기업의 경쟁력이 약화될 수밖에 없다.

기업이 거대한 공룡이 되지 않기 위해서는 무엇보다 커뮤니케이션이 효율적으로 이루어져야 한다. 커뮤니케이션이 효율적으로 이루어지기 위해서는 간결한 서류가 유통돼야 한다. 기업 내부 커뮤니케이션의 핵심인 보고서가 지나치게 긴 게 유통된다면 조직의 에너지를 불필한 데 사용하게 되므로 경쟁력이 떨어지게 된다.

세계 최고의 마케팅 기업으로 일컬어지는 P&G는 1930년대부터 한 장짜리 보고서 원칙을 적용해 왔다. 삼성도 한 장짜리 보고서를 강조하고 있다. 이름하여 '원 페이지 프로포절(one page proposal)'이다. 추진하고자 하는 프로젝트를 둘러싼 모든 사실과

추론, 실행과정까지 설득력 있는 언어를 사용해 한 장에 담아야 한다는 원칙이다. 대통령에게 올라가는 국정원 보고서도 한 장짜리가 대부분이라고 한다.

긴 보고서를 읽는 데는 시간이 많이 걸린다. 바쁜 세상에 긴 보고서의 내용 전체를 꼼꼼히 읽어보고 판단하기는 힘들다. 더구나 검토해야 할 서류가 많은 최종 결재자로서는 사실상 보고서를 일일이 읽어볼 시간이 없다. 임원들이 보고서 한 장으로 모든 것을 파악해 결정할 수 있도록 해야 한다. 따라서 읽는 사람을 배려해 한 장짜리 요약본을 만들어 제출하는 것이 좋다.

실제로 보고서를 검토하는 사람들은 요약본을 우선적으로 읽어본다는 조사 결과도 있다. 최종 결재자가 요약본만 읽어 보았다 하더라도 보고서는 최소한의 목적을 달성하는 셈이다. 2~3장짜리 요약본도 유용하지만 가능하면 한 장으로 만드는 것이 바람직하다.

따로 요약본을 만들어도 되고 목차 다음 부분에 '요약'을 첨부해도 된다. 글을 요약하기도 쉬운 일이 아니므로 요약본을 만들려면 글을 압축하는 기술이 필요하다. 요약본에는 본문의 내용을 압축해 표현해야 하고 제안·권고 사항 등 주된 내용이 누락되지 않도록 주의해야 한다.

보고서 문장 작성 시 주의점

- 단순하고 짧은 문장이 가장 효율적임
- 미사여구를 이용한 장황한 설명을 피할 것
- 문장은 직접적이면서도 단호해야 함
- 피동문으로 작성하지 않도록 주의
- 형용사·부사 등 수식어를 남용하지 말 것
- 가급적 전문용어를 사용하지 말 것
- 명사를 지나치게 나열하지 말 것

05 문제점을 지적하고 적극 제안하라

보고서의 목적은 발전적인 방향으로 나아가기 위한 것이다. 따라서 윗사람에게 현황 및 문제점을 보고하고 새로운 방안이나 해결책을 제시하는 형태로 보고서가 작성된다. 즉 보고서는 사실을 기록하는 문서인 동시에 앞으로의 업무 전개에도 도움이 되는 것이어야 한다.

이처럼 일반적인 보고에 그치는 경우가 아니고 어떤 대상을 평가 분석하는 보고서의 경우라면 그 대상에 대한 문제점과 문제점의 개선방안을 추가해야 완전한 보고서가 된다. 보고자는 그 대상을 피상적으로 다루는 것에 머물지 않고 완벽한 분석을 해야 한다. 이러한 과정을 원활하게 처리하면서 내실 있는 보고서를 작성하려면 업무능력이 필요하다.

그러자면 무엇보다 어느 한쪽으로 치우치지 않도록 주의해야 한다. 예를 들어 희망적 관측과 비관적 관측 중 어느 한쪽으로 치우친다면 가치 있는 보고서가 될 수 없다. 특정 사안에 관한 현황이나 연구·검토 결과 문제점이 있으면 이를 있는 그대로 지적하고 그에 대한 대처 방안을 적극적으로 모색해 제안해야 한다.

보고서를 작성한 사람이 제안하는 개선방안이 가장 이상적이라고 볼 수 있다. 최종결재자 역시 담당자가 제시한 개선방안을 신뢰하게 마련이다. 혹 개선방안이 채택되지 않더라도 최종결재자가 문제점을 파악하고 개선방안을 모색하는 기회를 제공했으므로 그 자체로도 충분히 가치가 있다. 특히 어떤 대상을 평가·분석하는 보고서라면 무엇보다 대처 방안을 적극적으로 모색하고 제안해야 한다.

3단 구성 보고서

- **서론** 조사 정리하는 과정에서 중점을 두고 정리한 부분이 무엇인지 밝힌다.
- **본론** 조사한 내용을 본인이 정한 중점 정리 기준에 맞추어 나름대로 정리한다.
- **결론** 조사한 내용에 대한 평가 및 제안을 적는다.

06 객관성과 정확성을 갖춰라

보고서의 우선적인 목적은 무언가 기록을 남기는 것이다. 어떤 상황이나 결과를 그대로 알리면서 기록을 보관하는 것이 중요한 목적 가운데 하나다. 개선방안도 중요하지만 사실을 있는 그대로 전달하는 것이 먼저다. 따라서 주어진 과제나 스스로 선택한 과제에 대해 가능한 한 객관적으로 조사하고 그 경과와 결과를 정확하게 정리해야 한다. 그러자면 사실을 부풀리거나 축소해서는 안 된다. 문장을 구성할 때는 되도록 수식어를 피해야 한다. 또한 주관이 개입되지 않도록 해야 한다.

객관성을 갖기 위해서는 무엇보다 직접적인 경험이나 누구나 인정할 수 있는 사실로만 서술해야 한다. 간접적으로 들은 것이나 상상이 개입된 것 등은 사용하지 않는 것이 바람직하다. 간접적으로 들은 것이라면 그러한 사실을 명기해야 한다. 또 '-라고 생각됨' '-라고 사료됨' '-인 것으로 보임' 등과 같이 추측하거나 작성자의 생각이 들어간 표현을 피하고 '-했음' '-이었음' 등으로 사실을 정확하게 서술해야 한다.

석유 가격 인상에 따라 달러를 중심으로 하는 국제 유동성이 산유국에 편중됨으로써 전반적인 수요 감퇴 현상을 초래했다고 생각됨.

✎ 석유 가격 인상에 따라 달러를 중심으로 하는 국제 유동성이 산유국에 편중됨으로써 전반적인 수요 감퇴 현상을 초래함.

구체적으로
써야 한다

보고서의 표현은 당연히 구체적이어야 한다. '진일보한 방식' '의미 있는 결과' '지난해보다 나은 실적'이라는 식의 막연한 표현은 좋지 않다. 지난해와 비교한다면 몇 %, 또는 액수로 얼마 등 숫자로 분명하게 제시해야 한다. 회의·워크숍 등에서 논의된 내용을 단순히 기록한 것이라면 거론된 사실을 빠뜨리지 말고 상세하게 적어야 한다.

혹여나 자신에게 불리한 결과를 가져올 수도 있는 사실이라면 어떻게 해야 할까? 보고서란 무엇보다 사실·현황 등을 있는 그대로 알리는 데 목적이 있다. 따라서 상황이 좋지 않은 사실이나 결과에 대해 얼버무리거나 모호하게 서술해서는 안 된다. 비록 자신에게 불리하거나 다른 사람에게 좋지 않은 영향을 미치는 내용이 들어간다 하더라도 사실 자체를 구체적으로 서술해야 한다.

매출액과 영업이익은 전년에 비해 감소했으나 순이익은 관리비 절감과 이자비용 감소 등 영업외수지의 개선으로 상당히 증가했다.

✎ 매출액은 전년 동기 대비 7.3%, 영업이익은 8.6% 각각 감소했으나 순이익은 관리비 절감과 이자비용 감소 등 영업외수지의 개선으로 81.7% 증가했다.

형식을 제대로
갖춰야 한다

　형식에서 내용이 나온다고 했다. 보고서를 작성하는 데도 형식(Format)이 중요하다. 같은 내용일지라도 형식이 잘 갖추어진 것과 그렇지 않은 것은 이해하는 데 커다란 차이를 보인다. 아무리 좋은 내용을 담고 있다 하더라도 형식을 제대로 갖추지 못하거나 체계가 없으면 눈에 잘 들어오지 않는다. 보고서의 형식에는 외관상 형식과 내용상 형식이 있다.

　요즘은 대부분 컴퓨터를 이용해 작성하기 때문에 외관상 형식은 그리 문제가 되지 않는다. 대부분 사람이 워드나 엑셀 등 프로그램을 다룰 만한 능력이 있기 때문에 얼마든지 깨끗하게 잘 꾸며진 형식으로 보고서를 작성할 수 있다. 적당히 표나 그래프 등을 삽입해 그래픽 부분도 첨가하면 더욱 깨끗하고 짜임새 있는 보고서를 완성할 수 있다.

　내용상 형식이 더욱 중요하다. 요약, 서론, 본론, 결론 등을 분명히 나누어 이에 맞게 내용을 적절하게 담아야 한다. 요약, 내용 1, 내용 2, 내용 3……, 문제점 및 개선방안 등으로 나누어 작성할 수도 있다. 각 부분이 명확하게 정리돼 결재자가 따로 내용을 정리하면서 볼 필요가 없어야 한다. "보기 좋은 떡이 맛도 좋다"는 말처럼 형식을 제대로 갖춘 보고서가 읽기 편하고 이해하기 쉽다.

> **보고서의 내용상 형식**
>
> - 요약, 서론, 본론, 결론
> - 요약, 내용1, 내용2, 내용3······, 문제점 및 개선방안

성공하는
이메일 쓰기

"

제12장

인터넷이 발달하면서 사람 간의 소통 방식이 근본적으로
변했다. 이제 이메일이 기본적인 소통 수단이 됐다. 따라서 이
메일을 제대로 작성하지 못한다면 소통에 많은 지장을 받을
수밖에 없다. 직장 업무나 개인 간의 연락도 대부분 이메일로
하고 있다. 이메일의 중요성과 활용도는 점점 높아지고 있다.

요즘은 신용카드 명세서나 청첩장까지 이메일로 받을 정도로 이메일 사용이 일반화됐다. 과거에는 직접적인 만남 또는 전화 통화나 편지가 소통의 주요 수단이었다. 하지만 인터넷이 발달하면서 사람 간의 소통 방식이 근본적으로 변했다. 이제 이메일이 기본적인 소통 수단이 됐다. 따라서 이메일을 제대로 작성하지 못한다면 소통에 많은 지장을 받을 수밖에 없다.

　직장 업무나 개인 간의 연락도 대부분 이메일로 하고 있다. 이메일은 종이 문서에 비해 쉽게 써지고 빠르게 전달된다. 이런 장점 때문에 직장에서는 업무부서 또는 거래처 간에 하루에도 수차례 이메일을 사용한다. 요즘은 이메일로 보고서나 제안서까지 오고간다. 이메일의 중요성과 활용도는 점점 높아지고 있다.

　이메일은 전화보다 정확하게 의사를 전달할 수 있고 우편보다 신속해 여러 모로 편리하다. 비용도 들지 않는다. 게다가 편지 글이라는 형식은 누구에게나 친근하게 다가온다는 장점이 있다. 받는 사람도 원하는 시간에 읽을 수 있어 이메일을 선호한다.

그러나 하루에도 수십, 수백 통의 이메일을 받기 때문에 제목을 보고 선택적으로 읽게 된다. 대부분은 쓰레기통으로 직행한다. 읽는다 해도 대충 보기 때문에 웬만한 내용이 아니고서는 기억조차 하지 못한다. 따라서 읽히는 이메일, 의도한 목적을 달성하는 이메일이 되기 위해서는 몇 가지 요령이 필요하다.

01 내용을 짐작할 수 있는 제목으로

이메일 없는 세상에 살 수 없을까? 하루하루 쏟아져 들어오는 엄청난 양의 메일을 대하는 것 자체가 스트레스다. 대부분이 쓰레기 메일(스팸메일)로 어느 게 진짜인지 구분하기가 쉽지 않다. 제목을 보고 선택적으로 읽어야 하지만 요즘은 진짜인 것처럼 제목을 교묘하게 위장해 속기 십상이다. 자칫하면 중요한 내용도 쓰레기 더미에 파묻혀 버려질 수 있다.

저자의 경우에도 중요한 이메일을 읽지 않고 그냥 넘겨버린 예가 적지 않다. 그중에는 결혼 청첩장도 있었다. 이처럼 스팸으로 오인되는 것을 방지하기 위해서는 상대방이 메일 내용을 짐작할 수 있는 제목을 달아야 한다. 즉 용건과 목적이 분명하게 드러나도록 제목을 붙여야 한다. 구체적으로 어떤 내용을 담고 있는지, 무슨 목적으로 보냈는지 상대가 한눈에 알 수 있게끔 제목을 달아야 한다.

제목을 잘 붙였다 하더라도 제목란에 다 들어가지 않으면 소용이 없다. 뒷부분이 잘려 나가 상대방이 무슨 말인지 이해할 수 없는 경우가 생길 수 있으므로 가능하면 짧게 제목을 작성해야 한다. 뒷부분이 보이지 않는 것을 예상해 핵심 단어나 내용은 제목의 앞부분에 배치하는 것이 바람직하다.

저자는 중요한 메일의 경우 제목 앞부분에 이름을 명기한다. 개인적인 메일이라면 이처럼 제목에 자신의 이름을 표기하는 것이 가장 확실한 방법이다. 이러한 경우 제목이 길어지므로 뒷부분이 잘려 나가지 않게끔 적당한 길이로 작성해야 한다. '홍길동 - 고객관리와 관련한 건' 하는 식으로 가능하면 자신의 이름을 제목 앞쪽에 배치하고 간결하게 작성하는 것이 좋다.

02 간결하고도
쉽게 써야 한다

긴 메일을 좋아할 사람은 없다. 길게 쓰면 그만큼 상대방의 시간을 빼앗게 되므로 용건만 간단하게 적는 것이 바람직하다. 일반 문서와 달리 메일은 공식적인 면이 다소 약해 불필요하게 말이 늘어지거나 장황해지기 쉬우므로 가능하면 짧게 써야 한다. 길게 늘어놓으면 지루하게 느껴져 도중에 읽기를 그만두는 경우가 발생한다. 특히 비즈니스 메일의 경우 이유나 목적 등을 서두에 적는 버릇을 들여 불필요하게 길어지는 것을 방지해야 한다.

짧을수록 좋지만 어쩔 수 없이 길어지는 경우 마우스를 움직이지 않고 한 화면에서 볼 수 있을 만큼의 양이 적당하다. 요즘은 한눈에 길어 보이면 아예 읽지 않는 습성이 있다. 가능하면 500자 이내로 쓰는 것이 바람직하다. 아무리 길어도 1000자를 넘지 않는 선에서 작성하는 것이 좋다.

짧게 쓴다고 문장의 주요 성분을 빼먹거나 자신만 아는 소리로 적어놓아 무슨 말인지 이해하기 어려운 예도 많다. 한 사람이 보낸 메일 때문에 여러 사람이 피곤한 경우가 발생할 수 있다. 거꾸로 한 사람의 노력으로 여러 사람이 시간을 절약할 수도 있다.

짧게 쓰되 상대가 분명하게 이해할 수 있게끔 쉬운 말로 작성해야 한다. 전문용어나 어려운 한자어를 사용하면 그만큼 이해하는 사람이 적어지므로 가능하면 누구나 알아들을 수 있는 쉬운 말로 써야 한다. 간결하면서도 쉬운 말로 작성된 것이 가장 효율적인 이메일이다.

가급적 자료를 첨부하지 마라

메일에 자료를 첨부하면 다 읽어볼까? 그렇지 않다. 자료를 첨부한다고 해서 상대가 그것을 다 읽는다고 생각하면 오산이다. 꼭 필요하다고 생각되지 않는 한 첨부된 자료를 열어보지 않는 경우가 많다. 첨부 자료를 읽기 위해서는 마우스를 몇 번 더 클릭해야 하고 많은 시간을 소모하게 되므로 귀찮아지는 것이다. 자신에게 꼭 필요한 내용이라고 느끼지 않는 한 첨부 자료를 열어보고 싶은 생각이 들지 않는다.

이처럼 첨부된 자료가 있다는 표시 자체로도 부담이 될 수 있다. 만약 본문의 내용도 짧지 않은데 또 첨부자료가 있다면 처음부터 부담스러워 아예 본문마저 읽기를 포기하는 경우가 발생할 수 있다. 자료를 첨부하는 경우 본문에는 중요 내용만 간결하게 담아 자연스럽게 첨부자료를 읽게끔 만드는 것이 바람직하다.

바쁜 세상에 자신과 관련이 적거나 크게 관심이 없는 첨부자료를 일일이 읽어볼 사람은 없다. 특별한 사안이 아니면 대충 본문만 읽어 보고 만다. 따라서 꼭 필요하지 않으면 자료를 첨부하지 말아야 한다. 자료를 첨부할 때는 그 자료가 왜 필요한지, 왜 꼭 읽어야 하는지를 본문에서 밝히는 것이 좋다.

첨부된 자료를 읽어 보려 해도 그 프로그램이 없어 파일이 열리지 않는 경우가 발생할 수도 있다. 첨부하는 파일은 워드문서·엑셀문서·PDF 등 다양하지만 보내는 사람으로서는 받는 사람이 어떠어떠한 프로그램을 사용하고 있는지 알기 어렵다. 특별한 프로그램이어서 상대의 컴퓨터에 그것이 설치돼 있지 않을 가능성이 크다면 파일을 열어볼 수 있는 프로그램이 들어 있는 웹사이트 주소를 링크로 제공하는 것이 좋다.

통신언어나 속어는
안 쓰는 게 상책이다

친하지 않은 사람에게 메일을 보내면서 '아냐세요'라고 하면 어떻게 될까? 톡톡 튀는 말이라 상대가 좋아할까? 이메일이 다소 가벼운 언어가 소통되기 쉬운 인터넷상의 글이라고 해서 이처럼 통신언어나 속어를 함부로 써서는 안 된다. 특히 친밀하지 않은 사이에서 이러한 언어는 금물이다. 잘 알지 못하는 사이에서 이런 말을 사용한다면 글 쓰는 사람의 정체성과 지적 수준이 낮게 평가되므로 전체적으로 신뢰성이 떨어질 수밖에 없다.

조금이라도 친한 사이라면 한두 개의 이모티콘 정도야 애교로 봐 줄 수도 있지만, '방가' 'ㅎㅎ' 'ㅋㅋ' 'ㅠㅠ' 'ㄱㅅ(감사)' '-주삼' '-하샘' '-있슴다' '추카추카' '므흣' '꾸벅' 등 인터넷상에서 흔히 오가는 채팅용어를 마구 써서는 안 된다. 이런 용어는 경박해 보임으로써 자신의 수준을 스스로 떨어뜨리는 일이므로 피하는 것이 바람직하다. '날씨가 넘 조아' '어케 하란 말이야' 등처럼 휴대전화 문자 메시지를 보낼 때 축약해 쓰는 말이나 지나치게 구어체적인 표현도 피하는 것이 좋다.

인터넷상에 많이 쓰는 통신언어뿐 아니라 '꼰대' '아가리' '대가리' '상판대기' '꼴통' '또라이' 등 일상 대화에서 가끔 사용되는 비속어나 은어도 가급적 쓰지 말아야 한다. 이메일이 인터넷상의 공간에서 이루어지다 보니 평소에 쓰지 않던 언어를 쉽게 사용하고 무절제하게 감정을 표현하는 경우가 더러 있다.

이모티콘(emoticon)

사이버 공간에서 컴퓨터 자판의 문자·기호·숫자 등을 조합해 감정이나 의사를 나타내는 표현법. 감정을 뜻하는 이모션(emotion)과 아이콘(icon)의 합성어다. 1980년대 초 미국의 카네기멜론대학 학생이 컴퓨터 자판을 이용해 ':-'이라는 부호를 사용하면서 보급되기 시작했다. 사이버 공간에서 자신의 감정이나 의사를 전달할 때 사용하는 특유한 언어로, 컴퓨터 자판의 문자·기호·숫자 등을 적절히 조합해 만든다.

처음에는 웃는 모습이 대부분이었기 때문에 '스마일리(smiley)'로 부르기도 한다. 인터넷 채팅을 하거나 이메일을 주고받을 때 자주 등장하는데, 의미를 모르면 상대방의 의도를 알 수 없다. 청소년들 사이에서 주로 이용되며 사람의 얼굴 표정에서부터 인종·직업·인물·동물에 이르기까지 종류와 형태가 다양하다.

일일이 글로 쓰기에는 쑥스럽거나 부끄러울 때 사용하면 받아 보는 쪽에서 재미를 느낄 수 있을 뿐 아니라 자신의 뜻을 빠르게 나타낼 수 있다. 이 때문에 국가마다 표현 방식이 다르기는 하지만 새로운 이모티콘이 속속 등장하고 있다. 한국에서도 수많은 이모티콘이 인터넷 언어로 사용되고 있다. 그러나 인터넷 표현법이 우리말, 우리글을 오염시키고 파괴한다는 지적도 많이 제기된다.

대표적인 이모티콘으로는 다음과 같은 것들이 있다. ^_^는 웃는 얼굴, *^^*는 반가운 표정, ^^;는 쑥스럽게 웃는 모습, ·0·는 만족한 표정, ?.?는 황당하다는 표현, :-)는 기분이 좋다는 뜻, :-(는 기분이 나쁘다는 뜻이다.

- 시사상식사전

속어(俗語, slang)

일반 대중에게 널리 통용되면서도 정통어법에서는 벗어난 비속(卑俗)한 언어. 슬랭이라고도 한다. 교육을 받은 계층에서도 흔히 쓰인다는 점에서는 비어(卑語)와 구별되고, 사용되는 범위가 넓다는 점에서는 은어(隱語)와도 다르다.

속어적인 특성은 발음이나 어조 또는 문법적인 측면에서도 발견되지만, 특히 그것은 어휘면(語彙面)에서 가장 두드러지게 나타난다. 삥땅(부분적인 횡령행위)·공갈(거짓말)·사꾸라(한통 속·야바위)·꼴통·또라이 등에서도 곧 알 수 있듯이 정식 대화에 쓰이는 언어나 문장어(文章語)로서는 선뜻 내키지 않지만 경우에 따라 문학작품 등에서 그 신선한 어감(語感)의 효과를 계산해 속어를 사용하는 수도 있다.

속어가 발생하는 경로 또한 다양해 새로운 어형(삥땅의 경우), 기존 어휘에 덧붙여진 새로운 뜻(공갈), 외국어나 방언에서 차용(借用)하는 경우(사꾸라) 등 여러 가지 경우가 있다. 속어의 정의는 사람에 따라, 또는 시대에 따라서 각각 다르기 때문에 그 명확한 정의를 내리기는 어려우나 실제로는 비어와 은어까지 광범하게 포함하기도 한다.

- 두산백과

05

메일 주소를
철저하게 확인하라

여러분은 메일을 잘못 보낸 경우가 없는가? 아마도 몇 번은 그런 적이 있을 것이다. 메일을 보낼 때 주소를 잘못 입력해 메일이 아예 도착하지 않는 경우가 적지 않다. 아무리 중요한 내용이고 잘 작성했다 하더라도 상대방에게 제대로 도착하지 않으면 모두 허사다. 종종 기다리는 메일이 오지 않거나 메일을 보냈는데 못 보았느냐는 얘기를 듣는 경우가 있다. 대부분 보내는 사람이 상대방의 주소를 올바르게 기재하지 못해 발생하는 일이다.

자주 메일을 보내는 상대의 주소는 따로 메모해 놓거나 메일함의 주소록에 저장해 두고 그때그때 사용하는 것이 좋다. 직접 입력하는 경우에는 알파벳 하나만 틀려도 제대로 들어가지 않으므로 발신하기 전에 다시 한번 상대의 주소를 확인하는 습관을 들여야 한다.

받은 메일에 대한 답장을 보낼 때는 회신(Reply) 기능을 이용하면 이런 소지를 없앨 수 있다. 저자가 실수하지 않기 위해 주로 쓰는 방식이다. 다만 회신 기능을 이용해 보낼 경우 상대가 보낸 제목에 '회신(re)'이라는 단어만 자동적으로 추가돼 전달되므로 제목을 다소 바꾸어 보내는 것이 성의가 있어 보인다.

상대에게 반드시 전달돼야 할 메일이라면 상대가 열어 보았는지를 알려 주는 '수신 확인' 기능을 설정해 놓은 뒤 확인해 보는 것이 바람직하다. 그래도 안심이 되지 않는다면 메일을 보낸 다음 상대에게 전화를 하거나 문자 메시지를 보내 알리는 것이 가장 좋은 방법이다. 요즘은 대체로 카톡 등 문자를 이용해 메일을 보냈다는 사실을 알리는 추세다.

06 스팸메일로 취급받지 않는 요령

메일을 보내는 데는 무엇보다 상대가 스팸메일로 오해하지 않게 하는 것이 중요하다. 아무리 좋은 내용으로 메일을 잘 작성했다 하더라도 상대가 스팸메일로 판단해 읽지 않는다면 아무 소용이 없다. 스팸메일로 취급받지 않기 위한 요령을 다시 정리하면 다음과 같다.

상대방이 메일 내용을 짐작할 수 있는 제목을 달아준다

제목 앞에 〔회의건〕〔전달〕〔업무연락〕〔긴급〕〔초대〕〔보도자료〕〔오락용〕〔유머〕 등의 말머리를 붙여주는 것이 좋은 방법이다.

제목에 본인의 이름이나 신분을 밝힌다

가급적 제목의 앞 부분에 본인의 이름을 밝힌다. 제목에 들어

갈 칸이 없으면 본문의 서두에라도 이름을 밝힌다. 아이디만으로 는 발신자를 알 수 없는 경우가 많기 때문이다. 친분 관계가 두텁 지 않은 경우 내용 첫머리에 발신자의 이름을 밝히는 것이 예의 이기도 하다.

수신(TO)과 참조(CC) 기능을 적절히 활용한다

메일 수신자는 자신이 수신인으로 지정된 경우 정독하지만 참 조인으로 지정된 경우에는 대충 읽어보게 마련이다. 상대방의 관 심도나 기여도를 감안해 두 가지를 적절히 활용해야 한다.

회신(Reply) 기능을 활용하는 것이 좋다

'회신'이라고 돼 있는 것은 답장이므로 빠뜨리지 않고 읽어 보 게 된다. 회신을 보낼 때는 이전 문서를 같이 보내는 것도 괜찮다. 어떤 문서에 대한 답장인지 바로 알 수 있기 때문이다. 회신 기능 을 이용하되 제목을 약간 바꾸어 보내는 것이 성의 있어 보인다.

100% 기사화되는
보도자료 작성법

제13장

기업에는 홍보실이 있고 관공서에는 공보실 등이 있다. 이
들의 업무 가운데 중요한 것이 보도자료를 작성해 언론사에
배포하는 일이다. 그러나 이들이 작성한 보도자료는 몇 가지
이유로 보도하기 쉽지 않은 경우가 발생한다. 이러한 현상은
대체로 기사를 작성하는 기자들의 입장을 이해하지 못하기 때
문에 일어나는 것이다.

기업에는 홍보실이 있고 관공서에는 공보실 등이 있다. 이들이 주로 하는 일은 기업이나 제품을 홍보하고 정책을 알리는 것이다. 그런 업무 가운데 중요한 것이 보도자료를 작성해 언론사에 배포하는 것이다. 언론을 통해 알리는 것이 무엇보다 효과적이기 때문에 보도자료 작성은 이들에게 무척이나 중요한 업무다. 보도자료의 작성 목적은 보도되는 것이다. 보도되지 않는 보도자료는 무의미하다.

　그러나 이들이 작성한 보도자료는 몇 가지 이유로 보도하기 쉽지 않은 경우가 발생한다. 이러한 현상은 대체로 기사를 작성하는 기자들의 입장을 이해하지 못하기 때문에 일어나는 것이다. 기자들은 어떤 내용을 뉴스로서 가치가 있다고 판단하는지, 또 어떤 상황에서 기사를 작성하는지 잘 알지 못하기 때문에 그에 맞추지 못하는 예가 많다. 보도자료의 기본적인 형식과 절차를 모르는 경우도 있다. 기사화되는 보도자료를 작성하기 위해서는 어떠한 요소를 갖추어야 하는지 정리했다.

✒ 01 기자의 입장에서 생각하라

보도자료는 기사화되는 것이 목표다. 기사화되지 않는다면 쓰나 마나다. 기사화하는 사람은 바로 담당기자다. 보도자료가 기사화되기 위해서는 반드시 담당기자의 손을 거쳐야 한다. 따라서 기자가 보도할 가치가 있다고 생각하면 기사화될 것이고 그렇지 않다고 판단하면 기사화되지 않는다. 기자는 어떤 상황에서 기사를 쓰고 어떤 기준으로 기사를 판단하는지 등을 분명하게 알고 보도자료를 작성해야 기사화될 확률이 높아진다.

기사로서의 가치가 있어야 한다

기사로서의 가치가 있는지가 기자가 보도자료를 기사화할지 말지 결정하는 주요소다. 기사는 사회 전체의 공동 이익에 부합하는 것이거나 공동 관심사여야 한다. 보도자료에서 아무리 중요하다고 강조해도 그것이 객관성에 부합하지 못하거나 사회 공동의 관심사가 되지 못한다면 기사화될 수 없다. 그러므로 개인이나 기업체, 또는 어떤 집단이나 단체의 이익이 아니라 사회 전체의 이익에 맞는 내용이어야 한다. 보도자료를 작성할 때는 이러한 점을 먼저 고려해야 한다.

기자는 누구보다 바쁘다

기자는 바쁘다. 세상에 바쁘지 않은 사람이 어디 있으랴마는 누구보다 바쁘고 늘 시간에 쫓기는 사람이 기자다. 취재하고 기사화해야 할 거리는 쌓여 있지만 시간은 늘 부족하다. 더욱이 마감시간이란 게 있어 마냥 붙들고 있을 수도 없다. 당장 실시간으로 벌어지는 사건이나 이슈를 취재해 기사를 써야 하고, 또 수없이 쌓인 보도자료를 챙겨 기사화해야 한다.

문화부를 예로 들면 소개할 책이 조금 과장하면 산더미처럼 쌓여 있다. 저걸 언제 다 처리할지 담당기자는 보기만 해도 숨이 막힐 지경이다. 그래도 새 책은 보도자료와 함께 매일매일 다시 와서 차곡차곡 쌓인다. 차이는 있지만 정치·경제·사회부 등에도 적지 않은 보도자료가 쌓여 있다. 따라서 기자가 빠르고 손쉽게 내용을 파악하고 기사화할 수 있는 보도자료가 우선적으로 선택될 확률이 높다.

한 장짜리 기사 형식으로 작성하라

설명문 형식으로 주절주절 돼 있는 보도자료보다 기사 형식으로 간결하게 작성돼 있는 것이 낫다. 조금만 손을 보면 바로 기사화될 수 있는 것이 좋다. 설명조로 길게 작성돼 있는 것은 내용을 읽고 파악한 뒤 기사화하기에는 시간이 너무 많이 걸리므로 외면당하기 십상이다. 한 장짜리 기사 형식으로 작성하는 것이 가장 바람직하다. 나머지는 뒤에 자료로 첨부하면 된다. 기사 형태로 작성하기 위해서는 기사의 형식을 어느 정도 알고 있어야 한다.

보도자료가 지녀야 할 요건

보도성
- 독자에게 전달할 만한 가치
- 새로운 정보, 많은 사람이 관심을 가지는 문제

객관성
- 주관에 치우치지 않고 객관적 사실로만 서술
- 주관과 감정을 배제하고 객관적·논리적으로 작성

공정성

- 선입견·편견 등이 개입되지 말아야
- 특정 집단이나 개인의 욕구에 치우치지 말아야

사실성

- 사실을 있는 그대로 전달해야
- 사실을 과장하거나 왜곡해서는 안 됨

신속성

- 최신의 소식을 빠르게 전해야
- 지나간 것은 기사가 되지 않음

정확성

- 사건의 내용을 정확하게 정리해야
- 애매모호한 내용은 기사가 될 수 없음

기자들이 주목하는
보도자료

언론사는 공익집단으로 기사는 공공성을 띠어야 한다. 즉 언론에서 다루는 기사는 공공의 이익에 부합해야 한다. 오로지 개인이나 집단 또는 단체의 영리를 목적으로 하는 것은 기사가 될 수 없다. 따라서 기사는 사회 전체 구성원의 필요나 요구에 부응하는 내용을 담아야 한다. 그러려면 독자에게 전달할 만한 가치가 있는 것이어야 한다. 새로운 정보를 담고 있거나 많은 사람이 관심을 가지는 문제라면 독자에게 전달할 만한 가치가 있다.

공익성을 가지려면 또한 객관적 사실에 바탕을 둔 것이어야 한다. 기사는 주관에 치우치지 않고 객관적 사실로만 서술해야 한다. 어떤 사건, 원인과 결과를 주관과 감정을 배제하고 사실 자체로 파악하면서 객관적·논리적으로 작성해야 한다. 기업체나 개인 또는 어느 집단의 주관에 치우친 내용이라면 기사로서의 가치가 없다. 뉴스 가치를 가짐으로써 기자들의 관심을 끄는 보도자료의 내용은 다음과 같은 것이다.

신제품 출시

기업체에서 기존 제품과 다른 신제품을 내놓았다면 기사화될 확률이 높다. 예를 들어 전자회사에서 새로운 기술이 적용된 휴대전화, TV나 세탁기 등 전자제품을 시장에 내놓았다면 기사화될 가능성이 크다. 신제품은 산업계에 미치는 영향이 클 뿐 아니라 일반인 누구나가 관심을 가질 만한 사항이기 때문이다. 특히 '최초'라는 수식어가 붙는 것이라면 기사화될 확률이 더욱 높다.

획기적인 연구개발 성과

그 분야에서 획기적인 연구개발 성과를 이룬 경우에도 기자들이 중시하는 자료가 된다. 이러한 연구개발 성과는 공익에 부합하기 때문이다. 예를 들어 코로나19 치료제나 슈퍼박테리아 치료제 등 신약을 개발했다면 이는 당연히 기사화된다고 볼 수 있다. 자연과학·응용과학·공학 등 과학기술 분야에서도 기존의 연구를 뛰어넘는 기술을 개발한다면 기사가 될 수 있다.

주요 행사

그날 그날 기관이나 단체 등에서 열리는 주요 행사에 관한 것이라면 기자들이 주목하는 사안이다. 예를 들어 3·1절이나 광복

절 등 국경일 행사는 대부분 기자들이 관심을 갖는다. 언론의 최종 소비자인 독자나 시청자가 관심을 갖는 사안이기 때문이다. 기업의 주요 행사도 기사가 될 수 있다. 설립을 축하하고 나아갈 방향을 밝히는 창립 기념일이 이런 것에 속한다.

업계 VIP의 동정

대기업 총수나 최고경영자(CEO) 등 업계 주요 인물(VIP)의 동정은 기사화될 가능성이 크다. 대기업 총수나 CEO의 기업 경영과 관련한 행보는 그 기업체나 산업계에 영향을 미칠 수 있기 때문에 사회적으로 관심을 갖는 사안이다. 물론 총수의 동정이더라도 사적인 것보다는 기업 활동과 관련된 것이어야 한다. 예를 들어 삼성전자·현대자동차 등의 회장이나 CEO가 사업차 해외를 방문해 주요 계약을 체결하는 등 관련 업무를 행하는 경우는 기사로서의 가치가 있다.

해당 분야 전문가의 동정

해당 분야 전문가의 움직임도 기사화될 확률이 높다. 예를 들어 환경 전문가들이 오염 사고가 발생한 지역에 간다면 이는 공익성을 가지며 국민 누구나가 관심을 갖는 사항이라 볼 수 있다.

노벨상 수상자 등 세계적인 과학자나 석학 등의 동정도 기자들이 중요시하는 자료이므로 기사화될 가능성이 크다. 해당 분야 업무와 관련해 이들이 갖는 움직임이나 세미나·발표 등도 기사로서의 가치가 있다.

미래의 전망

기술 발전이나 사회의 변화 등 미래에 대한 예측은 누구나 관심을 갖는 사항이다. 미래에 실현될 기술이나 예측되는 사회변화상 등을 담은 자료라면 기사화될 확률이 높다. 예를 들어 전기차나 수소차, 또는 자율주행차가 어디까지 발전해 왔으며 미래에는 어떻게 될지 등은 누구나 관심을 갖는 사안이다. 미래의 환경이나 기후 변화 등도 인간생활에 많은 영향을 미치므로 이에 관한 예측이나 연구 결과도 기사화되기 쉽다.

지역 문제

요즘은 자신이 직접적으로 속한 지역의 문제에 관심이 많다. 전국적이거나 세계적인 문제에 대한 관심 못지않게 자신이 처한 지역 사회의 구체적인 이슈에 대해 많은 관심을 갖고 있다. 지역 개발이나 지역 내 일자리 문제, 동네 쓰레기 소각장 건설 문제 등은 그 지역민이라면 우선적으로 관심을 갖는 사항이다. 사람들은 정치·경제 등 큰 틀의 이슈도 관심이 많지만 그 못지않게 피부에 직접적으로 와닿는 지역 문제에 많은 관심을 가지고 있다.

03

기자들이 외면하는
보도자료

기자들이 주목하는 보도자료가 있는가 하면 기자들이 외면하는 보도자료도 있다. 기자들이 싫어하는 보도자료는 기사화되기 어려우므로 반드시 피해야 한다. 보도자료를 작성하는 사람들은 기자들이 싫어하는 보도자료가 무엇인지를 정확하게 파악하는 것이 꼭 필요하다. 무엇보다 사적인 내용이어서 공공의 이익이나 사회 전체의 관심과 거리가 있는 것은 기사화될 수 없다. 지나치게 긴 보도자료도 바쁜 기자들이 관심을 기울이기 어렵다. 또한 마감시간이 임박해 가져온 보도자료는 어떻게 할 도리가 없다. 따라서 보도자료를 작성할 때는 이러한 점을 감안해 작성해야 한다.

사적인 내용

무엇보다 사적인 내용이어서 공공의 이익이나 사회 전체의 관심과 거리가 있는 것은 기사화될 수 없다. 따라서 보도자료를 작성할 때는 기사로서의 가치가 있는 내용인지 우선적으로 따져봐야 한다.

불확실한 내용

확실하지 않은 내용은 기자들이 관심을 갖지 않는다. 반드시 그렇다고 볼 수 없는 내용, 즉 추측성 보도자료는 기자들이 거들 떠보지 않는다. 현재 진행 중이어서 결과가 아직 명확하게 드러나지 않았거나 어떻게 귀결될지 예단할 수 없는 사안을 미리 추측해 작성한 보도자료라면 이를 기사화할 기자는 없을 것이다.

지나치게 긴 보도자료

기자들이 가장 싫어하는 보도자료 가운데 하나는 지나치게 긴 것이다. 첫눈에 너무 길어 보이면 바쁜 기자로서는 읽어볼 엄두가 나지 않는다. 시간에 쫓기는 기자로서는 짧은 것에 우선적으로 손이 갈 수밖에 없다. 앞서도 얘기했지만 가능하면 기사 형식으로 한 장으로 만들어야 한다.

시간이 임박해서 가져온 보도자료

아무리 중요한 내용이라 하더라도 게재 시간에 임박해 가져온다면 기자로서는 짜증이 날 수밖에 없다. 이미 지면 구성이 거의 끝나 있기 때문에 집어넣기가 여간 어려운 게 아니다. 사전에 제작하는 면도 많기 때문에 어떤 경우에는 물리적으로 며칠이나 1주일을 기다려야 한다. 따라서 가급적 게재일까지 여유를 두고 보도자료를 전달하는 것이 좋다.

기자들이 외면하는 보도자료

- 불확실한 내용
- 추측성 보도자료
- 사적인 내용
- 공공성이 결여된 내용
- 독자 관심 밖의 내용
- 통계수치가 지나치게 나열된 보도자료
- 페이지 수가 너무 많은 보도자료
- 설명문 조로 작성된 보도자료
- 무슨 내용인지 파악하기 어려운 보도자료
- 게재 날짜가 급박한 보도자료

기사문의 특성을 이해하라

시·소설·수필·일기·논설문 등 다른 글쓰기 형태와는 달리 기사문은 일반적으로 역피라미드 형태를 갖는다. 가장 핵심적이고 중요한 내용부터 전달하는 형식이다. 독자들이 빠른 시간 내에 기사를 이해할 수 있게끔 하기 위해서다. 물론 역피라미드형은 스트레이트 기사의 경우 보편화된 방식이긴 하지만 해설기사 등에서는 쓰지 않는다. 보도자료는 스트레이트 방식이므로 이 형태를 따르면 된다. 기사문은 또 반드시 육하원칙에 입각해 작성해야 한다.

역피라미드 형식

바쁘게 생활하는 독자들이 전체 기사를 다 읽어보지 않고도 어느 정도 내용을 파악할 수 있게끔 하기 위한 서술 방식이다. 제목이나 기사의 앞부분만 읽어보아도 본문의 전체 내용을 대략 판단할 수 있도록 작성한다. 중요한 내용을 앞부분에 배치하므로 곧바로 독자의 관심과 흥미를 북돋울 수 있다.

지면 사정으로 기사가 축소될 때 뒤에서부터 자르기 때문에 중요한 내용이 잘려 나갈 염려가 없게 하기 위해서도 역피라미드 형식이 사용된다. 보도자료를 작성할 때는 중요 사항을 가급적 앞쪽에 적고 첫 문장에 핵심을 담는다고 생각하면 된다. 역피라미드 형식은 일반적으로 다음과 같이 구성된다.

- 표제(標題, headline) 전체 기사 내용을 대략 짐작할 수 있게끔 압축한 큰 제목
- 부제(副題) 표제를 보충하는 작은 제목. 꼭 필요한 것은 아님
- 전문(前文) 요약해 본문 앞에서 알려주는 부분. 표제의 압축된 내용을 다소 구체화한 것
- 본문(本文) 기사 내용을 자세히 서술한 것. 구체적 내용을 상세하게 알려주는 부분
- 해설(解說) 사건 의의·전망·분석·평가 등을 제시하는 부분. 독자들의 이해를 돕기 위해 덧붙인 참고사항이나 설명

기사의 구조

삼각형(피라미드형) 구조

- 도입부에서 독자의 흥미를 유발
- 점층적으로 긴장감을 상승시킴
- 마지막에 가장 중요한 내용을 제시
- 해설기사, 칼럼, 여행기사, 미담기사, 의견 기사 등

혼합형 구조

- 요약문 먼저 제시
- 마지막에 중요 내용을 다시 한번 내세움
- 피라미드·역피라미드를 혼합한 형식
- 두괄식과 미괄식의 혼합이라 보아도 됨

육하원칙

기사문은 특히 사실을 정확하게 전달해야 한다. 그러다 보니 기사를 쓸 때 기본적으로 지켜야 하는 규칙이 육하원칙(六何原則)이다. 육하원칙이란 '누가, 언제, 어디서, 무엇을, 어떻게, 왜'의 여섯 가지 요소를 이른다. 육하원칙을 지키면 글을 좀 더 정확하고

자세하게 쓸 수 있을 뿐 아니라 읽는 사람도 이해하기 쉽다. 영어 단어의 머리글자를 따 5W1H라고도 한다.

- 누가(who, 何人)
- 언제(when, 何時)
- 어디서(where, 何處)
- 무엇을(what, 何事)
- 어떻게(how, 如何)
- 왜(why, 何故)

05 기사문의 유형에 맞게 작성하라

기사의 유형에는 스트레이스 뉴스, 기획·해설기사, 피처기사, 캡션 등이 있다. 각각의 특징과 서술법을 알고 이에 맞게 보도자료를 작성한다면 기사화될 확률이 높아진다. 신제품 개발에 관한 보도자료라면 스트레이트 기사뿐 아니라 감동을 주는 뒷얘기 등을 피처 기사로도 작성할 수 있다. 또 사진을 곁들이는 경우 사진 설명, 즉 캡션을 달아야 한다.

스트레이트(straight) 기사

직접적인 정보전달 형식의 기사를 일컫는다. 정치·경제·사회·국제기사 등 대부분의 기사가 우선적으로 사실을 전달하는 형태를 취한다. 스트레이트 기사는 육하원칙에 따라 작성되는 것을 특징으로 한다. 중요한 것을 먼저 내세우는 역피라미드 형태가 대부분이다. 보도자료도 거의가 스트레이트성 기사라 볼 수 있다.

피처(feature) 기사

신문사에서는 보통 박스기사라고 부른다. 선으로 박스 형태의 편집을 한다고 해서 붙여진 이름이다. 사실보다 진한 감동을 주는 뒷이야기 등 읽을거리 기사를 다루는 데 쓰인다. 미담이나 사례담 기사 등이 이에 속한다. 사실 그 자체보다 이면에 숨겨진 이야기나 화젯거리 등 흥미를 제공하는 것이 주목적이다. 보도자료에서도 관련한 미담을 발굴해 기사 형태로 작성해볼 수 있다.

스케치(sketch) 기사

스케치하듯 현장 분위기를 전달하는 기사다. 옛날에는 '마루땡'(○……) 기사라고 많이 불렀다. 스트레이트와 해설기사 외에 회담장, 사건 현장 등 분위기를 묘사한 기사를 따로 모은 것이다. 보도자료에서도 행사가 열린 것을 다루고 있다면 행사와 관련한 분위기를 전달하는 스케치형 기사를 작성해도 좋다.

칼럼(column)

신문이나 잡지 등에서 시사문제·사회풍속 등을 촌평하는 난(欄)이다. 해당 언론사의 공식적 주장을 담은 글로 서론-본론-결론의 3단 논법으로 전개되는 것이 일반적이다. 신문사의 논설

위원들이 집필한다. 보도자료가 직접적으로 이러한 형태를 띠는
예는 없다. 다만 신기술 개발이나 의미 있는 성과 등에 관한 것이
라면 충분한 자료를 제공할 수는 있다.

인터뷰(interview) 기사

기자가 취재를 위해 특정 사람과 회견한 뒤 쓰는 기사를 말한
다. 인터뷰 목적에 맞추어 질문을 준비하고 필요한 답을 얻어내면
서 인간적 흥미도 담아내야 한다. 질문과 답변을 서술하는 양식
은 신문사마다 조금씩 다르다.

가십(gossip) 기사

가벼운 화제의 흥미 위주 기사를 가리킨다. 특별한 형식은 없
다. 신문사마다 다양한 이름을 붙이고 있다. 사회면 구석 '황당뉴
스' '주사위' '색연필' 등의 코너가 이런 유형이다.

단신

짧은 스트레이트 기사를 말한다. 크게 중요치 않지만 독자들
에게 필요한 정보를 요약해 전달하는 기능을 한다. '단신' '브리핑'

이란 이름으로 실리는 게 일반적이다. 중요한 기사이긴 하지만 더욱 큰 기사 때문에 우선순위에서 밀릴 때도 단신 처리되는 경우가 많다. 보도자료의 경우 단신으로 들어가는 것이 대부분이다.

캡션(caption) 기사

사진을 중심으로 뉴스를 전달하는 형태의 기사다. 이 경우 별도로 보도자료를 추가 제공하는 것이 좋다. 사진 기사는 때로 스트레이트 기사보다 홍보 효과가 클 수 있다. 대부분 직접 찍은 것을 신문사에 제공하지만 출입기자를 활용하거나 또는 사진부 기자를 직접 접촉하는 것도 한 가지 방법이다.

06 보도자료의
진행 절차

보도자료 작성 역시 체계적인 절차를 거치는 것이 바람직하다. 작성하기 전에 우선적으로 사실관계를 확인하고 전체적인 구상을 가다듬는 기획 절차를 거쳐야 한다. 그리고 제목과 본문 등의 틀을 짠 다음 본격적으로 내용을 작성한다. 마지막으로 검토 절차를 거친 뒤 각 언론사로 배포해야 한다.

기획 단계

보도자료를 본격적으로 작성하기 전에 사실관계를 확인하고 전체적인 진행 절차를 구상하는 단계다. 다음 사항을 질문해 보면서 전체적인 구상을 다듬고 실행에 들어간다. 작성도 중요하지만 배포 시기 결정도 적지 않은 몫을 차지한다.

보도자료 기획의 10단계

① 보도자료의 발표 목적은 무엇인가

② 어떤 내용을 담을 것인가

③ 독자, 국가나 사회 공동체에 어떤 의미가 있는가(기술발전, 고

　용창출, 사회편익 등)

④ 어떤 형식으로 작성할 것인가

⑤ 어느 매체에 배포할 것인가

⑥ 누가 작성하고 발표할 것인가

⑦ 인터넷은 어떤 방식으로 활용할 것인가

⑧ 발표 시기에 지면을 차지할 다른 큰 이슈는 없는가

⑨ 다른 곳에서 비슷한 보도자료를 내지는 않는가

⑩ 보도자료를 언제 생산하고 배포할 것인가

틀 짜기

- 표제·부제·전문·본문 등 네 부분에 각각 담을 내용 핵심
  어로 정리
- 발신자의 연락처(주소·전화번호·팩스·휴대전화) 명시
- 신문·방송에 배포하는 날짜, 게재 희망일자 명시

- 자료나 연구 내용과 관련한 전문가 이름 적시
- 도표, 그래프, 사진, 과거 기사 등 참고자료 첨부

작성

- 표제·부제·전문·본문 등의 순서로 작성해 나간다
- 가장 중요한 정보를 먼저 서술한다(피라미드 형식)
- 덜 중요한 것이거나 부가적인 설명은 뒤에 서술한다

검토

본문 작성이 끝나면 반복해서 읽어보면서 다음 사항을 검토한다.

- 명료한가
- 객관적인가
- 너무 길지 않나
- 알리고자 하는 사실이 포함됐는가
- 사실관계 오류는 없는가
- 이해할 수 있는 내용인가
- 문장이 부드럽게 굴러가는가
- 비문은 없는가

글쓰기 정석

- 오탈자는 없는가
- 연락처를 빠트리지는 않았나

편집

본문 작성과 검토가 끝나면 편집으로 들어간다.

- 색상·활자 등 눈에 확 띄게 편집
- 중요하다고 생각하는 이유 설명
- 담당부서, 직원 이름, 전화번호 명기

단계별
보도자료 작성법

보도자료는 헤드라인 작성, 전문리드 작성, 본문 작성 순으로 진행해 나간다. 헤드라인을 작성할 때는 기자들이 어떤 내용인지를 한눈에 알아볼 수 있게끔 해야 한다. 그러자면 본문의 핵심 내용을 가지고 큰제목으로 삼아야 한다. 헤드라인을 보충하는 작은 제목도 적절하게 작성해 헤드라인의 부족한 부분을 보충해 주어야 한다. 전문에서는 기사를 간략하게 소개하면 된다. 본문은 단락을 나누어 각 단락에 소주제를 담는 형식으로 서술해 나가야 한다. 구체적으로 설명하면 다음과 같다.

표제(헤드라인) 작성

보도자료의 맨 앞에 오는 큰제목이다. 제목은 전체 글의 내용을 압축적으로 보여줄 수 있는 것이어야 한다. 헤드라인은 보도자료의 가치를 판단하는 데 결정적인 역할을 한다. 기자들은 우선 제목을 보고 어떤 보도자료인지를 판단해 검토해 볼 것인지 말 것인지를 결정한다. 헤드라인은 큰제목과 작은제목(부제)으로 구성된다.

제목은 전체 글의 내용을 한눈에 파악할 수 있게끔 해야 한다. 제목을 통해 기자는 보도자료의 내용을 짐작할 수 있으며 보도할 만한 가치가 있는지 우선적으로 판단하게 된다. 제목은 읽는 사람으로 하여금 호기심을 갖게 함으로써 그 글을 읽을지 말지 결정하게 하는 역할을 한다,

제목은 무엇보다 전체 글의 핵심을 담아야 한다. 글의 핵심을 짧은 몇 개의 단어로 함축적으로 표현해야 한다. 제목만 보고도 전체 글의 내용을 짐작할 수 있게끔 만들어야 한다. 그러자면 함축적이어야 하고 뜻이 분명해야 한다. 기자의 관심을 끌기 위해 본문과 다른 제목을 달아서는 곤란하다. 제목과 내용이 일치해야 하는 것은 제목의 기본조건이다. 만약 제목이 본문과 일치하지 않는다면 기자는 속은 기분이 들기 때문에 그 보도자료는 기사화되기 어렵다.

헤드라인 작성법

- 본문의 내용을 정확히 압축한다.
- 독자의 관심을 끌고 기사 내용을 한눈에 알 수 있게 한다.

- 가급적 서술성을 살려 읽기 쉽게 작성한다.
- 품위 있는 언어를 사용한다.
- 지나친 구어체를 피한다.
- 독자 또는 기자의 호기심을 자극한다.
- 가급적 육하원칙으로 내용을 강조한다.

전문(리드) 작성

전문은 전체 기사를 간략하게 소개하는 역할을 한다. 헤드라인과 본문 사이에서 전체 기사를 요약해 보여 주는 기능을 한다. 전문을 읽어보면 전체 내용을 어느 정도 파악할 수 있다. 따라서 리드가 좋으면 자연스레 본문까지 읽게 된다. 만약 리드에서 기사로서의 가치를 보여 주지 못한다면 본문을 읽지 않음으로써 기사화되기 어렵게 된다.

리드는 본문의 핵심을 요약해 보여 주는 역할을 하므로 가장 중요한 부분을 끌어내 강조해야 한다. 기자나 독자의 관심을 끌만한 사항을 끄집어내 호기심을 자극해야 한다. 덜 중요한 것은 과감하게 본문에서 소화하고 가장 중요한 것만 추출해서 보여 주어야 한다. 목적을 이루는 데 부정적 영향을 미치는 내용이나 확실치 않는 내용은 리드에서 피하는 것이 좋다.

전문(lead) 작성 원칙

- 본문의 핵심 내용을 함축적으로 나타낸다.
- 육하원칙에 기반을 둔다.
- 독자의 호기심을 유발해야 한다.
- 정확하고 간결하게 작성해야 한다.
- 리드 전체 길이는 3, 4줄 정도가 적당하다.
- 지나친 구어체를 피한다.
- 약어는 이해하기 쉬운 것만 사용한다.
- 격언·속담·명언 등으로 비유한 요약문으로 흥미를 유발해도 된다.

본문 작성

본문은 주장하고자 하는 내용을 본격적으로 서술하는 곳이다. 본문의 첫 문장이 특히 중요하다. 첫 문장은 본문의 헤드라인과 같다고 생각하면 된다. 따라서 가장 중요한 사실을 첫 문장에 넣는다. 본문의 서두는 몇 개의 짧은 문장으로 삼는 것이 바람직하다.

본문의 각 단락은 하나의 주제를 담고 있어야 한다. 한 단락에 두 개의 주제가 포함되지 않도록 주의해야 한다. 각 단락은 유기적으로 결합돼야 하며, 일관성을 갖도록 해야 한다. 각 단락은 독립성을 갖지만 전체적으로는 통일성을 갖도록 만들어야 한다. 때와 장소가 바뀔 때, 입장과 관점이 바뀔 때, 글의 단계가 바뀔 때는 단락을 나눈다.

본문의 문장은 가급적 짧게 쓰는 것이 좋다. 복문은 여러 개의 단문으로 분리해 간단명료하게 작성해야 한다. 그러려면 한 문장에 한 메시지만 담는다는 생각으로 써 내려가야 한다. 단어도 가급적 길지 않은 것을 선택해 사용하며 '그리고, 그래서, 그런데, 한편' 등 가능한 한 연결어나 '정말, 진짜, 엄청' 등 강조하는 수식어를 절제해야 한다.

가급적 구어체 문장은 사용하지 말아야 한다. 지나치게 구어체를 사용하면 말하는 것과 똑같아 보도자료의 품위가 떨어진다. 전문용어는 쉬운 말로 풀어 쓰는 것이 바람직하다. 전문용어가 꼭 필요하면 사용하되 반드시 설명을 곁들여야 한다. 또한 전달하고자 하는 내용이 분명하게 서술돼야지 애매한 표현은 금물이다.

본문 작성 시 주의점

- 가능한 한 중요 내용을 먼저 제시한다.
- 여러 개의 단락으로 구성한다.
- 각각의 단락은 통일성과 일관성을 가져야 한다.
- 한 문장에는 한 가지 내용만 담는다.
- 전문용어를 남용하지 않는다.
- 한자나 영어를 남용하지 않는다.
- 애매모호한 표현을 삼간다.
- 의미·효과·전망 등을 반드시 서술한다.
- 전문가의 견해를 추가해 신뢰도를 높인다.
- 접속어를 남용하지 않는다.
- 강조하는 수식어를 절제한다.
- 구어체를 피한다.
- 문장성분(주어·서술어·목적어)을 생략하지 않는다.

08

결정권자의 승인을
받은 뒤 배포하라

보도자료 작성을 완료했다고 해서 다 끝난 것이 아니다. 작성과 편집이 끝났다고 해서 곧바로 보도자료를 내보내서는 안 된다. 편집된 완성본을 다른 사람에게 보여 주고 최종적으로 의견을 구하는 것이 바람직하다. 동료나 상관에게 보여 주고 의견을 구하면 자신이 미처 생각하지 못했던 부분이 발견될 수 있다.

본문·편집 등 수정 사항이 있으면 조치한 뒤 최종 결정권자의 승인을 받아야 비로소 보도자료를 보낼 수 있다. 최종 결정권자의 승인을 받지 않고 보도자료를 배포할 경우 감당하기 어려운 일이 생길 수도 있다. 만약 예상치 못한 일이나 사회적인 파장이 생긴다면 담당자가 모두 책임져야 한다.

보도자료 배포하기 전에 해야 할 일

- 주변 동료나 상관에게 읽어보게 한 뒤 의견 청취
- 최종 결정권자에게 제출해 승인 획득
- 직원이나 관련자들이 모두 볼 수 있게끔 보도자료 사내 게시
  판에 공지

가장 적절한
배포 타이밍을 잡아라

보도자료 작성 못지않게 중요한 것이 배포 시기 선택이다. 무엇보다 정확한 타이밍을 잡아 배포해야 한다. 절차가 예상보다 늦어져 너무 늦게 보도자료를 돌리면 나가야 할 타이밍을 놓치게 되므로 보도자료가 사장될 우려가 있다. 책 소개의 경우는 대부분 1주일에 한 번 있으므로 가급적 2주 전에 배포해야 한다. 또한 보도자료가 기사화되는 날 하필이면 큰 이슈가 있어 그에 많은 지면을 할애하다 보면 덜 중요한 기사는 빠질 가능성이 크므로 이런 때는 피해야 한다.

담당기자의 이메일과 전화번호도 확인하고 적극 활용해야 한다. 보도자료를 전문업체가 배포하는 경우가 많은데 이럴 때는 담당기자의 이메일로 다시 한번 자료를 보내는 것이 좋다. 보도자료가 제대로 전달되지 않거나 여러 보도자료와 섞여 눈에 뜨이지 않을 수도 있기 때문이다. 담당기자에게 직접 전달하면서 얼굴을 마주 보고 중요성을 설명해 주는 것이 가장 좋지만 항상 가능한 것은 아니므로 이메일이나 전화 등을 적극 활용하는 것이 바람직하다.

> ### 보도자료 배포 시 주의할 점
>
> - 가장 적절한 배포 시기를 잡는다.
> - 지면을 가득 채울 큰 이슈가 있을 때는 피한다.
> - 가급적 담당기자를 찾아가 직접 전달하는 게 좋다.
> - 보도자료 배포 전문업체를 이용해도 된다.
> - 담당기자의 이메일을 적극 활용한다.
> - 담당기자에게 문자 메시지를 보내도 된다.
> - 게재를 원하는 날짜를 적시한다.
> - 게재를 원하는 날까지 여유가 있게끔 미리 전달한다.
> - 보도가 나가면 메일이나 문자로 인사하는 것을 잊지 않는다.

격식에 맞는
경조사 문구 작성하기

제14장

살아가다 보면 각종 대소사에 화환이나 봉투를 전달하면서 경조사 문구를 쓸 일이 종종 있다. 물론 한글로 '○○을 축하합니다' '조의를 표합니다' 등과 같이 쉽게 적어도 되지만 왠지 조금은 가벼워 보일 듯 느껴질 때가 있다. 격식을 최대한 차려야 할 것 같아 적절한 한자 문구를 찾아보지만 막상 어려워 제대로 쓰지 못하는 경우가 있다.

요즘 같은 최첨단 사회, 모바일 혁명 시대에 한자로 된 어려운 경조사 문구를 쓸 일이 있겠나 싶지만 그렇지 않다. 살아가다 보면 각종 대소사에 화환이나 봉투를 전달하면서 경조사 문구를 쓸 일이 종종 있다. 물론 한글로 '○○을 축하합니다' '조의를 표합니다' 등처럼 쉽게 적어도 되지만 왠지 조금은 가벼워 보일 듯 느껴질 때가 있다. 격식을 최대한 차려야 할 것 같아 적절한 한자 문구를 찾아보지만 막상 어려워 제대로 쓰지 못한다. 필요한 경우 쉽게 찾아볼 수 있도록 자주 쓰이는 경조사 문구와 기타 한자어를 모았다.

약혼·결혼 축하

축약혼(祝約婚) : 약혼을 축하

축결혼(祝結婚) : 결혼을 축하

축화혼(祝華婚) : 결혼을 축하

축성혼(祝聖婚) : 성스러운 결혼을 축하함

축성전(祝盛典) : 성대한 의식을 축하한다는 뜻으로, 결혼을 축
하함

결혼 기념일

1주년 : 지혼식(祇婚式)

2주년 : 고혼식(藁婚式)

3주년 : 과혼식(菓婚式)

4주년 : 혁혼식(革婚式)

5주년 : 목혼식(木婚式)

7주년 : 화혼식(花婚式)

10주년 : 석혼식(錫婚式)

12주년 : 마혼식(麻婚式)

15주년 : 동혼식(銅婚式, 또는 水晶婚式)

20주년 : 도혼식(陶婚式, 陶磁器婚式)

25주년 : 은혼식(銀婚式)

30주년 : 진주혼식(眞珠婚式)

35주년 : 산호혼식(珊瑚婚式)

40주년 : 녹옥혼식(綠玉婚式, 에메랄드혼식)

45주년 : 홍옥혼식(紅玉婚式, 루비혼식)

50주년 : 금혼식(金婚式)

55주년 : 금강석혼식(金剛石婚式, 다이아몬드)

60주년 : 회혼식(回婚式)

60주년 : 축회혼례(祝回婚禮)

75주년 : 금강혼식(金剛婚式)

생일·회갑

축회갑(祝回甲) : 61세 되는 해

축화갑(祝華甲) : 회갑을 축하함

축희연(祝禧宴) : 회갑을 축하함

축수연(祝壽宴/壽筵) : 장수(長壽)를 축하하는 잔치. 보통 회갑

(환갑)잔치를 일컬음

축진갑(祝進甲) : 회갑 다음 해

축칠순(祝七旬) : 70세 되는 해

축희수(祝稀壽) : 77세 되는 해

축팔순(祝八旬) : 80세 되는 해

축미수(祝米壽) : 88세 되는 해

축백수(祝白壽) : 99세 되는 해

조문·애도

근조(謹弔) : 죽음에 대해 슬픈 마음을 나타냄

조의(弔意) : 남의 죽음을 슬퍼함

추모(追慕) : 죽은 사람을 그리며 생각함

추도(追悼) : 죽은 사람을 생각하며 슬퍼함

애도(哀悼) : 사람의 죽음을 슬퍼함

부의(賻儀) : 상가(喪家)에 부조로 보내는 돈이나 물품. 전의(奠儀), 향전(香奠)

근도(謹悼) : 죽은 사람을 생각해 슬퍼함

명복(冥福) : 죽은 뒤 저승에서 받는 복. 죽은 뒤에 받는 복덕

향촉대(香燭代) : 상에 켜는 촛값 정도의 약소한 성의를 뜻하는 말로 근조(謹弔), 부의(賻儀), 조의(弔儀)와 같은 말

삼가 고인의 명복을 빕니다(삼가 故人의 冥福을 빕니다)

연령별
호칭

15세 : 지학(志學) · 성동(成童)

16세 : 파과(破瓜, 여)

20세 : 약관(弱冠)

30세 : 입년(立年) · 이립(而立)

32세 : 이모년(二毛年)

40세 : 불혹(不惑)

50세 : 지천명(知天命)

50세 이상 60세 미만 : 망육(望六)

60세 : 이순(耳順), 육순(六順)

61세 : 화갑(華甲) · 회갑(回甲) · 환갑(還甲) · 주갑(週甲 · 周甲) · 갑년(甲年)

62세 : 진갑(進甲)

64세 : 파과(破瓜, 남)

66세 : 미수(美壽)

70세 : 고희(古稀) · 희수(稀壽) · 칠질(七秩)

77세 : 희수(喜壽)

80세 : 팔순(八旬) · 하수(下壽) · 팔질(八秩)

81, 89세 : 망구(望九)

88세 : 미수(米壽)

90세 : 동리(凍梨) · 졸수(卒壽)

99세 : 백수(白壽)

100세 : 백수(百壽) · 상수(上壽) · 중수(中壽) · 기년(期年)

100세 이상 : 상수(上壽)

신생아
출산 축하

축순산(祝順産)

축출산(祝出産)

축탄생(祝誕生)

축득남(祝得男)

축득녀(祝得女)

축왕자탄생(祝王子誕生)

축공주탄생(祝公主誕生)

축탄신(祝誕辰)

환자 병문안

기완쾌(祈完快)

축완쾌(祝完快)

쾌유를 기원합니다(快癒를 祈願합니다)

연말연시 · 계절 인사

근하신년(謹賀新年)

송구영신(送舊迎新)

중추가절(仲秋佳節)

신희(新禧) : 새해의 복

공하신년(恭賀新年)

초상·제사

기중(忌中)

상중(喪中)

죽은 사람 : 망인(亡人)·망자(亡者)·고인(故人)

죽은 아들 : 망자(亡子)

상가(喪家)

추도일(追悼日)

기제사(忌祭祀)

위령제(慰靈祭)

10 승진·취임·영전 축하

축승진(祝昇進)

축영전(祝榮轉)

축영진(祝榮進)

축선임(祝選任)

축중임(祝重任)

축취임(祝就任)

축연임(祝連任)

축위임(祝就任)

축전임(祝轉任)

축이임(祝移任)

축천임(祝遷任) : 다른 관직이나 임지(任地)로 옮길 때

개업 · 이전 · 창립

축발전(祝發展)

축개업(祝開業)

축개장(祝開場)

축개점(祝開店)

축개원(祝開院)

축개원(祝開園)

축개관(祝開館)

축이전(祝移轉)

축제막식(祝除幕式)

만사형통(萬事亨通)

축번영(祝繁榮)

축성업(祝盛業)

축설립(祝設立)

축창설(祝創設)

축창간(祝創刊)

축창립○○주년(祝創立○○周年)

공사·준공·입주

축기공(祝起工) : 공사의 시작을 축하

축상량(祝上樑) : 공사의 시작을 축하

축완공(祝完工)

축준공(祝竣工)

축개통(祝開通)

축입택(祝入宅)

축입주(祝入住)

가화만사성(家和萬事成)

복류성해(福流成海) : 복이 흘러넘쳐 바다를 이루기를 빎

공연·전시

축공연(祝公演)

축연주회(祝演奏會)

축독창회(祝獨昌會)

축독주회(祝獨奏會)

축협연(祝協演)

축발표회(祝發表會)

축개인전(祝個人展)

축품평회(祝品評會)

축전람회(祝展覽會)

축전시회(祝展示會)

축박람회(祝博覽會)

축우승(祝優勝)

축필승(祝必勝)

축건승(祝健勝)

축당선(祝當選)

축입선(祝入選)

축합격(祝合格)

축피선(祝被選)

축우승(祝優勝)

축완승(祝完勝)

축개선(祝凱旋)

축시(祝施)

축입선(祝入選)

입학·졸업·합격·퇴임

축입학(祝入學)

축졸업(祝卒業)

축합격(祝合格)

축개교(祝開校)

축○○학위취득(祝○○學位取得)

축정년퇴임(祝停年退任)

송공(頌功) : 정년퇴임을 하는 사람을 칭송해 보냄

축전역(祝轉役)

16 출판·출간

축창간(祝創刊)

축출간(祝出刊)

축출판(祝出版)

축출판기념(祝出版紀念)

축창간○○주년(祝創刊○○周年)

사례(謝禮)

박사(薄謝) : 사례로 주는, 얼마 안 되는 돈이나 물품

약례(略禮) : 간략하게 예를 보인다는 겸손한 표현

박례(薄禮) : 볼품없는 예물이란 뜻으로, 사례로 주는 약간의

돈이나 물품

송별(送別)

전별(餞別) : 보내는 쪽에서 예를 차려 작별함

전별금(餞別金) : 떠나는 사람에게 주는 여비

송별(送別) : 떠나 보냄

장도(長途) : 오랜 여로, 먼 길

장도(壯途) : 중요한 사명을 갖고 떠나는 길

책 또는 그림 기증

• 윗분에게 도서나 책 선물할 때

혜존(惠存)

소람(笑覽)

청람(淸覽)

• 윗분에게 서화(書畵) 선물할 때

배증(拜贈)

봉헌(奉獻)

배정(拜呈)

근정(謹呈)

20 교회 관련

헌당(獻堂)

축장로장립(祝長老長立)

근토취임(勤土就任)

목사안수(牧師按手)

영명축일(靈名祝日)

축권사취임(祝勸士就任)

축목사위임(祝牧師委任)

기자처럼 글 잘 쓰기 2

글쓰기 정석

배상복 © 2021

초판 1쇄 발행 | 2006년 11월 17일
초판 8쇄 발행 | 2013년 3월 26일
개정증보판 18쇄 발행 | 2015년 6월 10일
개정증보2판 2쇄 발행 | 2024년 5월 3일

지은이 | 배상복
펴낸이 | 정미화 기획편집 | 정미화 인시문 디자인 | 블랙페퍼디자인
펴낸곳 | 이케이북(주) 출판등록 | 제2013-000020호
주소 | 서울시 관악구 신원로 35, 913호 전화 | 02-2038-3419 팩스 | 0505-320-1010
홈페이지 | ekbook.co.kr 전자우편 | ekbooks@naver.com

ISBN 979-11-86222-36-2 (04800)
ISBN 979-11-86222-34-8 (세트)